Camille Laurens
In den Armen der Männer

Camille Laurens

In den Armen der Männer

Roman

Aus dem Französischen von
Lis Künzli

Claassen

Die Originalausgabe erschien im Jahr 2000 unter dem Titel
Dans ces bras-là im Verlag P.O.L., Paris.

Wir danken für die freundliche Genehmigung
des Abdrucks einiger Gedichtzeilen aus:

– S. J. Perse, *See-Marken*, Deutsch von Dr. Friedhelm Kemp,
© Luchterhand Literaturverlag GmbH, München,
– T. S. Eliot, *Werke*, Band 4, Gesammelte Gedichte 1909–1962.
© Suhrkamp Verlag, Frankfurt am Main 1988,
– Guillaume Apollinaire, *Dichtungen*.
Limes Verlag, Wiesbaden 1952, Deutsch von Max Hölzer.
© by Limes Verlag, Wiesbaden 1953.

Der Claassen Verlag ist ein Unternehmen der
Econ Ullstein List Verlag GmbH & Co. KG.

ISBN 3-546-00272-5

© P.O.L. éditeur, 2000
© der deutschen Ausgabe 2001
Econ Ullstein List GmbH & Co. KG, München
Alle Rechte vorbehalten. Printed in Germany.
Satz: Gramma GmbH, München
Druck und Bindung: GGP Media, Pößneck

»Ich habe angenehme Hände.
Sie wissen nur zu gut, dass Sie nirgendwo
als bei mir
Die Kraft finden, die Ihnen nottut,
und dass ich der Mann bin.«

PAUL CLAUDEL

Er war es. Mein pochendes Herz konnte mich nicht täuschen. Ich weiß, das ist schwer zu glauben, diese plötzliche Gewissheit, aber so war es.

Ich stand auf, ließ das volle Glas auf dem Tisch zurück, zahlte und folgte ihm. Er ging schnell, so schnell wie ich, es gefiel mir, wie er angezogen war, seine schmalen Hüften, seine schönen Schultern, ich wollte ihn auf keinen Fall verlieren. Zwei oder drei Straßen weiter trat er in einen Hauseingang und verschwand. Bis ich da war und die schwere Tür meinerseits aufstieß, hatte er bereits eine der Wohnungen betreten, aber welche? Im Treppenhaus war nichts zu hören, der Fahrstuhl stand im Erdgeschoss. Wie herausfinden …

Ich stieg lautlos hinauf, ein Läufer bedeckte die Stufen. Es war ein bürgerliches Gebäude mit drei Stockwerken und zwei Türen auf jeder Etage. Die meisten waren mit einem Kupferschild versehen, einige blieben still, durch andere drang eine Stimme, das Klingeln eines Telefons. Aus Angst, überrascht zu werden, wie ich da reglos auf der Fußmatte stand und schaute, lauschte, ging ich wieder hinunter.

Die Briefkästen gaben wenig Informationen her: Namen, manchmal nicht einmal das. Es waren alte Modelle, durch deren Schlitz man die Hand stecken konnte. Die glänzenden Schilder draußen, in denen ich den verzerrten Widerschein meines Gesichts sah, gaben schon mehr Einzelheiten preis, was aber meine Nachforschungen auch nicht wirklich voranbrachte: Sämtliche Bewohner übten eine medizinische Tätigkeit aus, ein einziger war Prozessanwalt.

Wie herausfinden, wer er war, wer dieser Mann war? Er konnte natürlich Anwalt sein, er sah ganz so aus, auch wenn ich in meinem Leben nur einem einzigen Anwalt begegnet war, ein paar Wochen zuvor, und der hatte mehr Ähnlichkeit mit einem Waffenschieber − oder sagen wir besser, er entsprach genau dem Klischee, wie es sich wohl eine Witwe und eine Waise spontan ausmalen würden.

Aber er konnte genauso gut Arzt sein. Davon gab es einige, ich ließ sie Revue passieren. Auf einmal waren die Namen nicht mehr willkürlich, sondern nahmen Symbolcharakter an, und ich versuchte, eine Bedeutung in ihnen zu lesen wie in einem unbekannten Gesicht.

Wie aufgrund einer dieser geheimnisvollen Beziehungen zwischen Orten und Personen hatten in dem Gebäude aus der III. Republik alle Bewohner Vornamen von früher, altmodische Familiennamen: Raymond Lecointre, Raoul Dulac, Paulette Mézières, Armand Dhomb − ach nein, nein, ich habe mich verlesen: nicht Armand, Amand, Amand Dhombre, Kinderarzt, mit Abschluss der Pariser Fakultät. Amand, ja, ich phantasiere nicht, das gibt es, das steht in den Vornamen-Lexika, es ist die männliche Form von Amandine, aus dem Lateinischen *amandus*, »für die Liebe auserwählt«, der berühmteste Amand war ein Mönch, der sich um das Jahr 680 herum der Evangelisation Galliens widmete, wie ich es dem Nachschlagewerk entnahm, zu dem ich noch am selben Abend griff. »Für die Liebe auserwählt«, das könnte er sein, das käme wunderbar hin: Es gibt solche Zufälle; in einem Roman würden sie peinlich wirken, aber im wirklichen Leben gehorchen sie einer Notwendigkeit, über die sich niemand wundert. Amand Dhombre: Das musste er sein, für die Liebe bestimmt und von mir erwählt unter dem Siegel der größten Verschwiegenheit, Dhombre, der Schatten, Amand Dhombre, der Schattengeliebte, den ich so schnell wie möglich aus seinem Schattendasein herausführen will, ins Licht, in die Sonne.

Aus lauter Pflichtbewusstsein warf ich trotzdem einen Blick auf die anderen: Blieben noch Roger Bosc, Masseur-Heilgymnast, posttraumatische Rehabilitation, und auf demselben obersten Stockwerk Abel Weil, Psychoanalytiker, Ehetherapie – beide waren sie auf dasselbe Fach spezialisiert. Ich hielt mich nicht länger damit auf, denn da ich dicht hinter ihm die Eingangshalle betreten hatte, meine ich doch, ich hätte hören müssen, wie sich ein Schlüssel im Schloss drehte, eine Tür auf- oder zuging, wäre er bis in den dritten Stock hinaufgestiegen. Ich hielt mich also an mein erstes intuitives Gefühl (1. Stock rechts) und schrieb die Telefonnummer auf (meine ältere Tochter hatte in letzter Zeit eine Erkältung verschleppt).

Genau in diesem Augenblick öffnete sich die Eingangstür und entließ eine Kampferwolke, gefolgt von einer alten Frau, die mich misstrauisch musterte – was tat ich hier? Ich senkte die Augen auf mein Notizbuch – die Concierge? –, dann sah ich zu, wie sie sich entfernte, den Gehsteig entlangglitt mit dieser fließenden Bewegung von Leuten, die zu Hause stets Filzpantoffeln tragen, und bis zur Ecke der Avenue vordrang – werde ich eines Tages auch so sein, so langsam? –, bevor mir in nicht viel schnellerem Tempo klar wurde, dass sie ja auch nur ein Kunde sein konnte, ein Patient, und ich starrte mit dumpfem Blick auf mein Heft – was tat ich da eigentlich? Ich wartete. Ich wartete darauf, dass er wiederkam, wieder auftauchte; ich konnte nicht weggehen, ich hatte Angst, dass alles zusammenbrach, dass es von weitem betrachtet nach gar nichts mehr aussah, dass nichts gewesen war. Ich wollte ihn wiedersehen, wollte, dass es wahr wäre, dass der Schatten Gestalt annähme. Aber es gab in der Straße weder ein Café oder Schaufenster, um das Warten abzukürzen, noch eine Bushaltestelle, um es zu legitimieren, es errichtete mit meiner ergebenen Person am Fuß des Gebäudes sein Standbild, als hätte man für einen Moment eine der Nymphen auf den Gehsteig gestellt, wie sie oft in den Höfen herumstehen und das Wasser der Brunnen beweinen … Andere hätten anders gehandelt, die Wartezimmer inspiziert, die Arzthelferinnen ausgefragt, einen Notfall vorgetäuscht. Ich war unfähig dazu. Ich konnte weder aufgeben noch handeln, nur warten – aber auf jemanden zu warten, ist das nicht ein Mittel, bei ihm zu sein?

Er kam nicht. Ich wartete fast eine Stunde, aufgewühlt und steif. Er fehlte mir. Mehrere Leute traten heraus, nie war er es. Ich schloss daraus, dass er kein Kunde war, dass er da arbeitete, ich wusste also, wo ich ihn wiederfinden konnte. Schließlich ging ich, denn es war bald vier Uhr, und ich hatte einen Termin mit meinem Verleger. Und wenn es jemanden gibt, der es hasst, zu spät zu kommen, atemlos, mit klopfendem Herzen auf die eigene Dummheit hinweisend, dann bin ich es.

Dies sollte ein Buch über die Männer werden, über die Liebe der Männer: Als geliebte Objekte, liebende Subjekte, werden sie Objekt und Subjekt dieses Buches zugleich sein. Die Männer im Allgemeinen, alle – jene, die da sind, ohne dass man je mehr von ihnen kennt als das Geschlecht, Männer eben, das ist schon alles, was man über sie sagen kann –, und die Männer im Besonderen, ein paar von ihnen. Es soll ein Buch über die Männer einer Frau werden, vom ersten bis zum letzten – Vater, Großvater, Sohn, Bruder, Freund, Geliebter, Ehemann, Chef, Kollege …, in der Ordnung oder Unordnung ihres Erscheinens in ihrem Leben, jener geheimnisvollen Bewegung des Daseins und des Vergessens, mit der sie sich in ihren Augen verändern, weggehen, wiederkommen, bleiben, entstehen. So wird die Form des Buchs unzusammenhängend sein, um im Laufe der Seiten dieses Spiel vom Kommen und Gehen nachzuahmen, die Fortschritte, die Brüche, die das Band zwischen ihr und ihnen knüpfen und lösen: Die Männer treten auf und ab wie im Theater, einige werden nur eine Szene haben, andere mehrere, es kommt ihnen mehr oder weniger Bedeutung zu, ganz wie im Leben, mehr oder weniger Platz, ganz wie in der Erinnerung.

Ich werde nicht die Frau des Buchs sein. Es geht um einen Roman, eine Figur, die nur im Licht der ihr begegnenden Männer Gestalt annimmt, ihre Umrisse werden nach und nach deutlich, so wie auf einem Dia, dessen Bild nur sichtbar wird, wenn man es gegen das Licht hält. Die Männer werden dieses Licht sein um sie herum, das sie sichtbar macht, sie vielleicht zum Leben erweckt.

Ich weiß, was Sie nun sagen werden: Und die Frauen? Die anderen Frauen? Die Mutter, die Schwester, die Freundin … Haben die nicht genauso viel Gewicht im Leben, wenn nicht sogar mehr? Zählen sie denn gar nicht?

Sie zählen nicht. Nicht in dieser Geschichte. Oder nur sehr wenig. Ich werde dieser Figur einen bestimmten Charakterzug leihen (den ich von meiner Mutter habe): dass sie sich während all dieser Jahre ausschließlich für Männer interessiert hat – sich für nichts anderes zu interessieren wusste.

So ist das nun mal. Das mag ein Fehler sein, wenn Sie meinen. Mangelnde Aufmerksamkeit, ein geistiges Defizit. Seit jeher sieht sie nur Männer, nichts anderes. Keine Landschaften, keine Tiere, keine Gegenstände. Kinder, wenn sie deren Vater liebt. Frauen, wenn sie über Männer sprechen. Jedes andere Gespräch langweilt, sie verliert damit nur ihre Zeit. Sie kann die schönsten Länder der Welt bereisen, sich die Pampa, die Wüsten, die Museen, die Kirchen ansehen, all diese Reisen scheinen ihr reizlos, solange nicht, und sei es nur als Reflex, als Trugbild, als chinesisches Schattenbild die Spur eines Tuareg, eines Gaucho, eines Christus auftaucht. Ihre Geografie ist menschlich, streng menschlich. Es würde ihr nie einfallen, einen Kilometer zurückzulegen, um allein einen

Sonnenaufgang zu betrachten, einen Felsen, die Konturen des Montblanc in der Ferne – sie sieht nicht, was daran interessant sein soll, sie kommt sich tot vor. Sie kam halb wahnsinnig aus dem Film von Cukor, *Die Frauen*, in dem nur Frauen mitspielen und manchmal eine von ihnen den Kopf zur Tür dreht und ausruft: »Ach, sieh mal, da ist John« (oder Mark, oder Philip), dieser aber nie ins Blickfeld tritt: kein einziger männlicher Körper, nicht einmal eine Stimme – unerträglich. Sie hasst aber auch Kriegsfilme, die Geschichten von männlichen U-Boot-besatzungen und Männerfreundschaften, wo die Frauen nur als Fotografie in einer Brieftasche und als rührende Erinnerung kurz vor dem Tod in Erscheinung treten. Das leidenschaftliche Interesse, das sie den Männern ent-gegenbringt, das müssen diese schon erwidern. Sie mag Männer, die an Frauen denken. Sobald sie irgendwo hin-kommt, wohin auch immer, schaut sie, ob Männer da sind. Das ist ein Reflex, ein Automatismus, so wie andere den Wetterbericht hören: eine Art, die nahe Zukunft vor-wegzunehmen, zu erfahren, wie das Wetter wird. Die Anziehung ist nicht in erster Linie körperlich, auf jeden Fall nicht unbedingt, auch wenn sie es oft wird. Sie hat keinen bestimmten Typ, keine bestimmte Schwäche, blond, braun, groß, schlank, stämmig, zart – sie hat natür-lich ihre Vorlieben, aber kein System. Als Erstes zählt der Mann weniger als charakteristisches Individuum denn durch seine Gegenwart; es geht um eine allgemeine Ge-gebenheit, derer sich das Auge rasch vergewissert, um das Herz zu beruhigen: Es sind Männer da.

Sie geht nicht auf sie zu, jedenfalls nicht so, wie man es sich vielleicht denkt. Sie stürzt sich nicht auf sie, um sie sich zu krallen, sie in Beschlag zu nehmen, mit ihnen zu reden. Sie schaut sie an. Nimmt ihr Bild in sich auf wie ein See den Widerschein des Himmels. Hält sie auf Distanz, damit sie sie studieren kann. So bleiben die Männer erst einmal lange, ihr gegenüber. Sie schaut sie an, betrachtet sie, versenkt sich in ihren Anblick. Sie sieht sie immer wie die Reisenden, die ihr im Zug gegenübersitzen; eine Sitzordnung, die heute nur noch selten möglich ist: nicht neben ihr, in derselben Richtung, sondern gegenüber, auf der anderen Seite des Ablagetischs, auf dem das Buch liegt, das sie schreibt. Sie sind da. Sie sind das andere Geschlecht.

Ich werde also auch diese Figur sein, das kann man sich denken, denn ich schreibe ja, ich bin es, die zwischen uns diese Blätter streut, auf denen ich von ihnen spreche. Schwierig, sich da ganz herauszuhalten. Aber die Frage nach der Wahrheit stellt sich nicht. Es wird weder um meinen Vater noch um meinen Mann noch um sonst jemanden gehen; das sollte klar sein. Es wird eine Art doppeltes Phantasiegebilde, eine reziproke Schöpfung: Ich werde schreiben, was ich von ihnen wahrnehme, und Sie werden lesen, was sie aus mir machen – zu was für einer Frau ich werde, wenn ich dieses Inventar erfinde: die Männer meines Lebens. Das Klischee muss wortwörtlich genommen werden: die Männer meines Lebens, wie ich sagen würde: die Schläge meines Herzens.

Ja, damit ist das Projekt am besten definiert. Es wird nach einem großen Ball sein, auf dem ich, von einem Arm zum anderen wechselnd, trotz meines Taumels die Tanzkarte ordentlich geführt habe. Und im Laufe der Seiten, Tänze und Namen wird man natürlich das unregelmäßige Auf und Ab der Tänzer, der Kavaliere, verfolgen können, ihre Eigenheiten, ihre Art, aber vor allem, durch die Bewegung des Wirbels gekennzeichnet, wie sie von einem zum andern geht, genommen wird, losgelassen, erneut genommen, umarmt wird, mit klopfendem Herzen, die verschwommene und ruhelose Gestalt der Tänzerin selbst, aus der Kavaliersperspektive.

Tanzkarte. So soll der Titel heißen.

★

Das hätte ich eigentlich meinem Verleger gerne gesagt. Natürlich tat ich nichts dergleichen: Schreiben ist alles, was ich erhoffen darf. Er trug ein weißes Hemd ohne Krawatte, war braun gebrannt. Er fragte mich, wie es mir gehe, es ging mir gut, was ich in letzter Zeit im Kino gesehen, was ich gelesen habe. Ich nannte ihm ein paar Filme, einen vor allem, der mich beeindruckt hatte, er fragte mich warum, was mir daran gefallen habe, ich erklärte ihm, das sei ein guter Film, außerordentlich gut sogar, und da er mich mit einem Ausdruck tiefen Interesses ansah, fügte ich hinzu, wie sehr ich ihn mochte, wirklich, er müsse ihn sehen, er sei gut. Er sagte mir, er habe ihn gesehen, ihm habe aber der Letzte besser gefallen, die Anspielungen auf Hitchcock seien doch etwas schwerfällig, dieses permanente Zurückgreifen auf die Ellipse beeinträchtige das Vergnügen zum Teil, das man bei Schwarzweiß habe, es würde zudem in den letzten zehn Jahren allen Saucen beigemischt, und Kadoshki sei dasselbe Thema 1965 doch unendlich viel besser angegangen, nicht? Ja, schon möglich, ich habe ihn nicht gesehen, sagte ich und goss mir noch mal Tee ein – das Kännchen war leer, meine Tasse auch, ich trank trotzdem, während ich den Zucker zwischen Daumen und Zeigefinger zerbröselte, er hatte natürlich nicht Unrecht, aber trotzdem – ich behielt die Tasse an meinen Lippen –, er ist trotzdem sehenswert. Er fragte mich, ob ich noch einen mochte, ich sagte nein danke. Ob ich schreibe, ob ich etwas angefangen habe, ob ich mit ihm darüber sprechen wolle? Ja, das heißt, nein, ich … Der Kellner wollte kassieren, er zückte sein Portemonnaie, ich das meine, aber nein, lassen Sie nur, na dann, vielen Dank.

Logischerweise müsste das Buch mit dem Vater beginnen. Es gibt immer viel zu sagen über den Mann, der einen gezeugt hat, damit fängt die Geschichte an. Ich war allerdings versucht, den Verleger zuerst auftreten zu lassen, denn ich schrieb ja nicht mein Leben, sondern einen Roman (mein Leben als solches, das schrieb sich ohne mich, das wusste ich, auch wenn ich entschlossen war, ihm eine persönliche Bewegung zu verleihen, ihm den Takt anzugeben, sonst würde ich leblos sterben). So nahm ich, kaum wieder zu Hause, nicht ohne vorher einen Termin beim Kinderarzt gemacht zu haben, mein Balltagebuch in Angriff – erste Runde, Walzer im Zweivierteltakt.

DER VERLEGER

Als er zum ersten Mal anruft, ist es Sonntag. Auf ihrer Uhr ist es zehn, für ihn Mittag. Er hat soeben ihren Roman gelesen, sie schläft mit geschlossenen Fäusten, ganz nackt, so heiß ist es. Sie hört das dritte oder vierte Klingeln, rennt die Treppe hinunter, nimmt ab.

Er hat sich gedacht, dass sie eine Frau ist, er sagt es ihr gleich, er war sich sicher, trotz des Vornamens.

Er ruft an, um zu sagen, dass er sich verliebt hat. Er besitzt diesen Mut. Ist es viel leichter, da es sich um ein Buch handelt? Sie weiß es nicht, das ist nicht sicher: Man muss die Worte finden, das Geständnis ablegen: Liebe.

Er ruft nicht aus beruflichen Gründen an, er arbeitet nicht: Es ist Sonntag.

Er ruft aus Liebe an, er hat plötzlich Lust, es zu sagen: Er liebt ihre Wörter, ihre Stimme, was sie ihm geben, mitteilen wollte, er liebt.

Sie hat keine Ahnung von ihm, kann sich kein Bild machen. Aber sie mag seine Stimme, und außerdem ist er ein Mann. Der Verleger ist ein Mann, das versteht sich von selbst, das Gegenteil wäre unvorstellbar. Wozu diente das

Schreiben, was für einen Sinn hätte diese Geste, wenn nicht ein Mann sie anerkannte, ihr dafür dankte?

Er ruft von der anderen Seite des Ozeans an, schlägt ihr vor, ihn irgendwann in diesem Sommer zu treffen, wann immer sie will, er erwartet sie.

Sie bleibt lange nackt in der Sonne, macht Luftsprünge. Es ist so schön, geliebt zu werden.

Die Szene nimmt sehr bald die Dimension des ersten Mals an. Sie geht unter ihrem Datum in die Mythologie ein, zu der das Leben tendiert, sobald es erzählt wird: Es ist der Anruf vom 17. Juni.

DER VATER

Als der Vater sie zum ersten Mal auf den Arm nimmt, ist er bereits Vater, er kennt das schon. Was ist es, fragt die Mutter hinter ihrer Maske, durch die sie noch ein wenig Sauerstoff atmen muss. Es ist ein Mädchen.

Als er sie zum ersten Mal beim Namen ruft, zögert er einen Moment. Er hatte Jean vorgesehen, Jean wie sein Vater, und Pierre, wie er: Jean-Pierre. Die tote Vorstellung muss umgetauft, dem Körper ein Name gegeben werden.

Er nennt sie Camille. Die Mutter hat eine leichte postnatale Unpässlichkeit, unbedenklich. Nichts Schlimmes, sagt die Hebamme.

Der Vater legt Camille in ihre Wiege. Er geht durch die Straßen, es ist der 10. November. So ist er also zweifacher Vater. Vater zweier Mädchen.

Das Ältere heißt Claude.

Ein Jahr später ruft der Vater an. Es ist ein Mädchen. Er hat drei Mädchen.

Er ruft von jenseits des Traumes an, vom fernen Ufer seines Wunsches. Er geht nicht, es sich anzusehen. Er kennt das schon.

Es ist ein Mädchen, das schlecht Luft bekommt, es ist blau. Es stirbt am nächsten Tag, der Vater sieht es erst, als es tot ist.

Sie wird Pierette genannt. Nach Pierre, dem Vater. Sie ist die Tochter des dreifachen Vaters.

Claude und Camille sind bei ihren Großeltern. Der Vater holt sie ab – Claude? Camille? –, sie kommen. Camille winkt in der Sonne – Papa. Es ist so schön, zu lieben.

– Haben Sie Kinder?

– Nein, antwortet der Vater, ich habe zwei Töchter.

Amand Dhombre war ein reizender Mann, herzlich, zugänglich, meine Tochter lachte laut auf, als er ihr vorschlug, sie mit winzigen sterilen Nadeln in einen Igel zu verwandeln – er hatte ein Diplom als Akupunkteur, kurz, ein klasse Typ. Monsieur Dhombre senior war in Korea oder Vietnam dabei gewesen und hatte seine Nachkommenschaft vor dem Napalm gerettet, so wenigstens malte ich mir die Liebesgeschichte aus, die unversehens die meine ersetzte, während ich mich, in einer Ecke auf einen Stuhl gedrückt, dem Gesetz der Wirklichkeit unterwarf: Er war ein Asiate von ungefähr 1 m 63 und 45 kg, dessen Lächeln das geheimnisvolle Gesicht des am Tag zuvor entdeckten Unbekannten in keiner Weise ersetzen konnte, den ich nun wohl vergessen musste, so dachte ich, wie alles andere, wie man vergisst, dass man atmet oder einen Himmel über dem Kopf hat. Doch als ich beim Hinausgehen aufgelöst und traurig die Augen mechanisch auf den oberen Treppenabsatz richtete, erkannte ich im dritten Stock, wo jemand mit einem Schlüssel hantierte, das Tweedjackett, dessen tadelloser Schnitt mir nun in der Öffnung der schalldichten Tür auffiel, an der mich Abel Weil zu meinem ersten psychotherapeutischen Gespräch empfangen würde – das ich selbstverständlich in die Wege leiten musste, denn genau er war es.

Dies Vorhaben war vielleicht etwas verrückt, bot aber auch die Gelegenheit, eine Herausforderung anzunehmen: einen Mann zu verführen, ohne wie gewöhnlich alles vor ihm zu verheimlichen, zumindest das Wesentliche vor ihm zu verbergen, sondern im Gegenteil, ihm alles zu sagen, zumindest das Wesentliche – was von beiden gewusst werden muss, was genügt, um geliebt oder nicht geliebt zu werden.

Bestimmt hätte ich es mit einigem Aufwand bewerkstelligen können, ihn woanders zu treffen als in seiner Praxis, mich seinen Bekannten, seinen Freunden, seiner Familie zu nähern, in seinem Kreis zu verkehren, bis ich eines Tages neben ihm am Tisch gesessen hätte, um ihn zu fragen, was er von Beruf sei und ob er mir davon erzählen möchte, wie spannend das sein muss, die Psychoanalyse, die Mäander der menschlichen Seele, aber bestimmt auch hart gelegentlich, haben Sie nicht manchmal Lust, etwas anderes zu tun?

Aber solche Schliche sagten mir nicht zu, auch nicht die Geduld, die dazugehört. Dass er Psychoanalytiker war, schien mir übrigens nicht nur günstig, um ihn schnell zu treffen, indem ich einen Termin vereinbarte, sondern darüber hinaus ein Mittel, endlich herauszufinden, was es mit der Liebe auf sich hatte, was ich von der Liebe der Männer erwartete, worauf ich wartete. Dieser Blitzschlag, der mich auf der Terrasse eines Cafés traf, kam mir im Grunde gerade recht, es war ein Zeichen des Himmels, dieser Pfeil, der sich bei seinem bloßen Anblick in mich bohrte wie ein Schrei, diese Wunde, die die beiden Ränder des Schweigens wieder auseinander riss, dieser dem stummen Herzen, dem schweigenden Körper zugefügte Stich, durch einen Mann ausgerechnet, der alles hören konnte. Es kam mir absurd vor, bei ihm vorzugehen wie immer, mit ihm musste ich es anstellen wie niemals zuvor.

Ich behaupte ja nicht, dass meinerseits nicht die geringste Strategie vorlag. Wenn ich nach den Gepflogenheiten einer gewöhnlichen Therapie begonnen habe, indem ich von meinem Mann erzählte, von uns als Paar, wie man sagt, dann, weil ich Angst davor hatte, durchschaut und nach Hause geschickt zu werden, und dass alles aus gewesen wäre. In der Folge griff ich auch zu den üblichen Waffen der Eifersucht, der Koketterie, der Verführung. Aber eigentlich nur selten. Natürlich wollte ich, dass er mich schön fand und machte mich schön für unsere Termine. Dies aber war nicht meine vordringlichste Sorge: Ich wollte in erster Linie, dass er mich kannte, dass er wusste, mit wem er es zu tun hatte, und mich, in diesem Wissen, liebte. Ich wollte wissen, ob man mich auch lieben konnte ohne Geheimnis – in der Nacktheit meines Schmerzes, in meinem ganzen Elend. Lange bettelte ich, die Hand hingestreckt, um eine milde Gabe, um Liebe bei denen, die mir Gehör schenken wollten. Nun hatte ich jemanden zum Sprechen gefunden. Und das war er.

Damit man mich recht versteht: Ich habe mich nicht in meinen Analytiker verliebt – eine solche Banalität nach so vielen anderen wäre für mich inakzeptabel gewesen, damals hätte ich das nicht ertragen. Nein, ich hatte mich in einen Unbekannten verguckt, der, wie sich herausstellte, ganz zufälligerweise Psychoanalytiker war: Das ist nicht dasselbe, auch wenn ich in diesem Zufall eine Chance erblickte, ein Versprechen für die Zukunft – einen glücklichen Zufall eben. Das war es umso mehr, als ich gleichzeitig mit meiner Scheidung auch mein Buch in Angriff nahm; ich dachte, die Worte, die so lange ein Schattendasein führten, könnten mir zur rechten Zeit sowohl das eine wie das andere erleichtern. Es lag eine gewisse Ironie darin, dass er auf Ehetherapie spezialisiert war, da ich fest entschlossen war, meinen Mann von dem Unternehmen fern zu halten – und aus guten Gründen –, aber auf der anderen Seite erlaubte mir das, sogleich zum Kern der Sache zu kommen, zur Liebe. Abel Weil war also der ideale Mann, ideal in jederlei Hinsicht. Darüber hinaus empfand ich, als er mir gegenüber neben einem kleinen Diwan aus grauem Samt Platz nahm, seine langen Beine elegant übereinander schlug und zu mir sagte: »Ich höre«, stärker denn je die Gewissheit, die ich eine Woche zuvor im Café gefühlt hatte, wo er mir aufgefallen war. Und es war – in der gleichzeitig trivialen wie leidenschaftlichen, pragmatischen wie possessiven Bedeutung der Formel – genau so, als hätte er zu mir gesagt, mit demselben verliebten Ernst und demselben spöttischen Witz, während mir Bruchstücke des Lieds in den Kopf kamen, es war genauso, als hätte er zu mir gesagt: »Ich bin Ihr Mann.«

Von da an gab es für mich monatelang nur noch zwei Anker in einer Zeit des Dahintreibens: mein Buch und unsere Termine, das Schreiben in der Einsamkeit der Erinnerung und die Worte im Monolog unserer Begegnungen. Und es gab auch nur noch zwei Sorten Männer: jene, von denen ich sprach, deren Geschichte ich durch mich wieder aufleben ließ, und jenen, mit dem ich sprach, von dem ich erwartete, dass er der Geschichte eine Fortsetzung gab, oder, vielleicht, mich wieder zum Leben erweckte. Ja, es gab auf der Welt nur noch zwei Sorten Männer: die anderen und ihn ...

MIT IHM ALLEIN

Ich weiß nicht recht, wie ich es sagen soll, ich hatte nicht vor, so schnell hier vor Ihnen zu sitzen, ich habe einen Termin vereinbart ohne nachzudenken, eigentlich möchte ich, dass niemand davon erfährt, dass meine Kinder nichts wissen, dass meine Eltern nichts wissen, was geht sie das überhaupt an – *geht Sie das etwas an, sehen Sie mich an, antworten Sie mir, interessiert Sie das, interessiere ich Sie?* Am Anfang war es gut, natürlich, am Anfang ... Ich werde lauter Allgemeinplätze erzählen, Sachen, die Sie jeden Tag zu Ohren bekommen, die Sie kennen, Banalitäten von Anfang bis Ende, Geschichten, die in allen Büchern zu finden sind, in Zeitschriften, Schlagern, Romanen, Zeitungen, ich bin Dokumentarin, ich lese alles, ich lese die ganze Zeit, in der übrigen Zeit schreibe ich, Sie können mir also glauben, dass ich Bescheid weiß, dass ich weiß, wie dumm das ist – unsäglich dumm und ewig dasselbe. Der Ehemann, der Geliebte, der Ex, alle Exmänner, der Vater, der Kumpel, der Freund, ich kenne sie, alle diese Kategorien, alles, was zu dem Thema geschrieben wird, die unterschiedlichen Stile, Typen, die ganze Typologie: der Vorsichtige, der Häusliche, der Distanzierte, der

Schüchterne, der Gestresste, der Misstrauische, der Gewalttätige, der Zärtliche, der Deprimierte, der Leidenschaftliche, der Untreue, ich bin nicht die Erste, das ist sicher, ich bin nicht die Einzige, schon das allein ist unerträglich, diese Wiederholung, diese Leier, diese Banalität, tausendfach ausgesprochen, tausend Mal gehört: Ich liebe ihn, ich habe ihn geliebt, ich liebe ihn nicht mehr, diesen Typen, diesen Kerl, liebe ich ihn noch, diesen Mann, diesen Typen da, meinen Kerl, mit ihm war es gut, am Anfang war es gut, es war phantastisch, formidabel – das kann man auch über Bücher sagen, über Leute, von Augenblicken, Reisen: ein formidables Buch, ein formidabler Vater, formidable Ferien – das Wort hat keinen Sinn mehr, nicht mehr den ursprünglichen Sinn, als es etwas bezeichnete, was große Angst einflößt, ein Grausen, ein Staunen, ein Schreckensschauder – und doch, genauso ist es, man kann es so sagen: Ich hatte eine formidable Vergangenheit. Darum bin ich hier und rede mit Ihnen – *hören Sie mir zu, folgen Sie mir noch?* Ist es nicht immer und ewig dasselbe, geradezu erschreckend gleich, eine Angst, die sich mit der Zeit einstellt, Panik vor dem Verschwinden, der Zerstörung, der Auflösung. Bleibt nach einer Weile noch etwas anderes als diese Angst, die mich herführt: ein entsetzlicher Verschleiß, eine Form der Abnutzung? *Wissen Sie es, können Sie mir antworten, Sie sind ein Fachmann, was für eine Art Mensch sind Sie: ein Fachmann, ein Passionierter, ein Dilettant, ein Don Juan, ein Experte, ein toller Hecht, der ideale Vater, ein Stubenhocker, ein Karrierist, ein übler Geschäftemacher, ein armer Kerl, ein guter Typ, ein formidabler Mann?*

Ich weiß nicht, ich weiß es nicht mehr, ich will gerne darüber sprechen, ja, die Wörter im Mund ausprobieren und für einmal nicht auf dem weißen Blatt – ich schreibe, aus Gewohnheit, ich schreibe über die Männer, ein

Buch über die Typen, »und Ihr Buch über die Männer, geht es voran?«, was für ein anderes Thema lohnt sich, ich frage Sie, das ist alles, was ich persönlich wahrnehme, alles, was mich angeht. Oh, der erste Blick, der allererste, ich erinnere mich noch, als wäre es gestern gewesen, vor fünfzehn Jahren, ich bin seit fünfzehn Jahren verheiratet, bald sind es fünfzehn Jahre. Ruinen, nichts als Ruinen, unter denen sich die ursprüngliche Architektur noch erahnen lässt, ein Denkmal der Liebe, von dem nur der Sockel übrig ist, nichts mehr darüber, kein Relief mehr, nichts mehr als die Spur eines schönen Fundaments am Boden – am Boden, alles am Boden, vielleicht sollte es unter den Boden, begraben, verschwiegen werden. Aber ja, ja, am Anfang – muss man es wirklich sagen, ist es der Mühe wert? –, am Anfang war es gut, als wir uns kennen lernten, war es phantastisch, formidabel.

DER EHEMANN

Sie kennt ihn noch kaum eine Minute, da gehen sie ganz nah aufeinander zu – vielleicht hat er »Guten Tag« gesagt, irgendwer hat sie einander vorgestellt auf dieser Party an jenem Samstag in Paris. Sie verharren ein paar Sekunden reglos und stumm, lächelnd, dann wirft sie sich ihm entgegen, ihm um den Hals, schließt die Augen; er nimmt sie, der Körper ist warm unter seinen Händen, er gehört ihr.

Sie sprechen erst Stunden später, in einem Zimmer dieser Wohnung, wo sie beide noch nie gewesen sind, sie sagen sich ihre Namen.
Es ist der Name, den sie jetzt trägt.

Eine Begegnung wie diese bildet für sie den Gipfel der Vollendung. Es gibt keine Wörter, man entgeht dem Lärm der Lügen. Liebe ist, wenn man nichts sagt – was lässt sich schon Lohnenswertes sagen?

Als er kommt, eine gute Weile nach ihr, stößt er den Schrei eines Wildtiers aus (zum Glück hat der Abend seinen Höhepunkt erreicht), er schreit, als würde er sterben. Er hat sie nicht gefragt, ob sie die Pille nimmt, nichts: Der Augenblick birgt die Vergangenheit und die Zukunft in sich, ein unteilbares Los, man kann es ergreifen oder es lassen.

Eine Woche später hängt das Aufgebot aus. Sie heiraten in Anwesenheit zweier Zeugen auf einem öden Standesamt. Die Eltern werden nicht benachrichtigt.

Einen Monat später ruft sie ihren Vater an und erzählt ihm auf Umwegen, dass sie verheiratet ist. »Gegen wen?«, fragt er.

Gegen ihn. Ja, ganz genau, gegen ihn.

MIT IHM ALLEIN

Warum es am Anfang gut war? Weil wir die Wörter um-
gangen haben, weil wir uns alles erspart haben, was man
im Allgemeinen in solchen Situationen sagt. Jedes Wort ist
zu viel, wenn die Lust da ist, sprechen macht sie übrigens
zunichte – es gibt keine Wörter, um der Lust Ausdruck zu
verleihen, kein gemeines Wort, das sie nicht verfälschen,
maskieren, besänftigen oder zerstören würde. Die gespro-
chene Sprache ist kein geeignetes Mittel, um sich der Lust
anzunähern – ich meine damit die mündliche Sprache,
die losen Wörter. Das Gedicht hingegen schmiegt sich
dem Körper an, das Gedicht ist nah der Stimme, der
Haut. Aber alles andere, nein, wirklich: eine schmähliche
Manipulation, ein übler Schwindel. Haben Sie noch nie
voller Mitleid eine dieser Szenen im Restaurant beobachtet: Ein Paar am Nebentisch, ein Paar, das gerade entsteht?
»Was nehmen Sie? Dieses Kleid steht Ihnen hervorra-
gend. Haben Sie den letzten Modiano gelesen? Ohne an-
geben zu wollen, ich glaube, in meinem Fach bin ich der
Beste. Kennen Sie die Seychellen? Paradiesisch. Dieser
Sancerre schmeckt nach Korken, ich will den Chef sprechen.«

Es liegt eine seltene Obszönität darin, sich mit wachsender Lust in der Öffentlichkeit zu zeigen, nach dem Kellner zu rufen, die Speisekarte zu lesen, den Wein zu kosten, von sich zu sprechen, überhaupt zu sprechen. Sich zu zeigen, dem anderen zu zeigen, wer man ist: abscheulicher Köder! Kann man sich zeigen, ohne nackt zu sein? Im siebzehnten Jahrhundert verwendete man einen besonderen Begriff, um dieses Tändeln zu bezeichnen, dieses Unterfangen, durch Unterhaltung zu verführen; statt »den Hof machen« sagte man: »Liebe machen«. »Und Sie werden vor dem Vater Liebe machen«, kann man bei Racine lesen. Das spricht Bände über die wahre Natur der Galanterie, über diesen wüsten Wortschwall, der den Körper ersetzen und ihn schließlich gefügig machen soll, dieses Stricken von Komplimenten und Albernheiten, dieses Gespinst von dummem Zeug, dazu bestimmt, die Liebe herzustellen, ihr in der mit dem Gesetz, den Gebräuchen konformen Sprache eine Existenz zu verschaffen, als könnte man Liebe anders machen als indem man Liebe macht.

Diese Machtdemonstration, das eitle, weitschweifende Umwerben – ich kann verführen, ich kann glänzen, ich kann bezahlen: ich kann –, ich ertrage sie schlecht bei den Männern, auch wenn ich das Eingeständnis von Ohnmacht, das sie offenbart, gelegentlich mit Liebe erwidert habe, ja, es ist mir schon passiert, gerührt zu sein – nicht durch die Worte des Verehrers selbst, sondern durch die Hilflosigkeit einer steifen Sprache, zu der das schüchterne Fleisch Zuflucht nimmt, mit zögernden Händen, mit heiserer Bauchstimme. Und wenn er sein Ziel erreichte, dann immer trotz seiner Mittel.

Die Liebe ist keine soziale Beziehung. Sie lässt sich nicht aussprechen, sie gehört zu den Dingen, die sich nicht aussprechen lassen. Die Liebe vermittelt sich nur in der Stille oder durch den Schrei, in der Einsamkeit der Körper, sie hat nie ein Gesetz anerkannt. Der Vater muss aus der Liebe verjagt werden.

Sie sagen nichts.

Sie könnten sagen: Die Heirat ist ein soziales Phänomen. Es stimmt, ich habe ihn geheiratet. Wollte ich mich von der Schamlosigkeit der ersten Begegnung, der ursprünglichen Sünde gleich wieder loskaufen, das rohe, animalische Aufeinandertreffen zweier Körper in den sozialen Körper zurückführen, die Nacktheit der reinen Einwilligung mit einem reumütigen Ja bedecken? Wurde ich von meiner hugenottischen Moral eingeholt? – Ich bin protestantisch, mein Vater ist protestantisch.
Schon möglich.
Aber vielleicht habe ich auch gedacht, man dürfe einen solchen Mann nicht aufs offene Meer hinaustreiben lassen – einen Mann wie für mich geschaffen, einer, der Sie in den Arm nimmt, wie der Matrose den Horizont umarmt.

34

DER VATER

Der Vater ist Protestant. Das ist etwas, was sie sehr früh mitbekommt, was sie ganz tief innen spürt, ganz deutlich: sie auch. Sie ist wie der Vater, sie ist ihm ähnlich. Er hat dunkle Augen, ihre sind blau, er ist braun, sie ist blond, und doch sind sie sich ähnlich. Sie sind Protestanten.

Der Vater ist schon lange Protestant, seit jeher. Sein Vater war es schon, sein Großvater, seine Onkel und Tanten – auch die Ahnen, alles Darbysten dort unten, gegen Alès zu, alles Menschen der Bibel. Bevor er sich mit einer Katholikin vermählte, hatte er nur eine Bedingung gestellt: Die Kinder werden protestantisch.

Der Vater ist Protestant, das sieht man auf den ersten Blick. Sie auf jeden Fall, sie sieht es: Etwas in ihm protestiert, eine Gewalt, die man ihm angetan hat, die aufschreit. Das kann man nicht hören – das äußert sich wenig, ist sogar stumm. Aber man kann es sehen.

Was man ihm angetan hat? Was geschehen ist? Wo und wann? Die Geschichte ist verloren gegangen, nur die Spur ist geblieben, dieser Schmerz, der das Herz prägt und der Stirn ihre Form gibt, diese heimliche Revolte.

Der Vater ist Protestant. Das ist seine Art, in der Welt zu sein. Und sie ist wie er, sie sieht die Dinge genau wie er. Man lacht, man spielt, man amüsiert sich (man ist manchmal fröhlich bei den Protestanten). Aber von Glücklichsein keine Rede.

»Ich bin Protestantin«, erzählt sie in der Schule herum. Damit es ein für allemal klar ist: Sie ist wie ihr Vater. Es mag so aussehen, als würde sie sich einreihen, einfach so, als wäre dies ihr Platz, aber von wegen: Sie fügt sich nicht – sie wird sich nie in diese Welt schicken. Sie ist Protestantin.

Der Vater glaubt nicht an Gott, auch nicht an seinen Eingeborenen Sohn oder an sonst etwas (er muss früher daran geglaubt haben – der Vater, der Sohn … –, aber das ist lange her). Er würde ja seinen Ahnen vielleicht gerne den Gefallen tun, diesen Altvorderen, die sich in den Scheunen versammelten, Männer unter sich, um aus der Bibel die Gnade des Lebens zu schöpfen. Aber er kann nicht, es geht über seine Kräfte. Selbst wenn er seine Töchter in den Religionsunterricht schickt, wenn er sie dazu zwingt, er glaubt nicht.

Sie auch nicht.

Sie glaubt weder an den Geist noch an den Heiligen Geist, von der Schrift nimmt sie nur das Wort: Sie protestiert, sie ist Protestantin.

Wie er.

Das ist es, was sie verbindet: Dieser Gott, den es nicht gibt, und diese Revolution, die sie nie herbeiführen werden. Das ist ihr engstes Band: Diese leere Form, die ihnen den Halt gibt, nicht an das zu glauben, was man ist.

MIT IHM ALLEIN

Was ein Mann ist? Soll ich es Ihnen sagen, soll ich es versuchen?

Die Stimme, der Körperbau, die Kragenweite, der Bart, der Schnauzer, der Adamsapfel, das Glied, die Hoden, das Testosteron, das Sperma, die Prostata, die Körperbehaarung, die Glatze, die Vorhaut, die Eichel, die Muskelmasse, die Ejakulation, die Fettpölsterchen.

Die Kraft, der Mut, der Orientierungssinn, die Reflexe, das logische Denken, das gegebene Wort, die Ritterlichkeit, die Aktivität, die Energie, die Autorität.

Die Gewalttätigkeit, die Aggressivität, die Grobheit, die Feigheit, die Schwäche.

Der Alkohol, der Tabak, das Spiel, der Sport, die Kumpel, die Jagd, die Pornohefte, das Heimwerken, die Autos, die Frauen.

Feuerwehrmann, Motorradpolizist, Chirurg, Jagdpilot, Bäcker, Kraftfahrzeugmechaniker, Techniker, Docker, Fußballer, Radchampion.

Der Affe, der Primat, der Höhlenmensch, der Urmensch, der Homo faber, der Homo sapiens.

Der gebildete Mann, der Mann mit Geschmack, der Mann von Ehre, der Mann mit Genie, der Mann mit Geist, der Mann der Feder, der Mann des Vertrauens. Die Männer, die guten Willens sind.

Der Mann auf der Straße, der Mann des Volkes, der gemeine Mann.

Der Mann von Welt, eine Welt von Männern.

Der Menschensohn.

Der Mann Gottes, der Strohmann, der arme Mann, der arme Schlucker – der Mittelpunkt zwischen nichts und allem.

Der feindliche Mann, der gedungene Mann, der Mann im Glück, der Frauenheld.

Der Mann und die Frau.

Der aus der Frau geborene Mann.

DER VATER

Man hätte ziemliche Mühe, ein Foto des Vaters mit einem Kind auf dem Arm zu finden. Das riecht nach Kacke und nach Erbrochenem, das sabbert, das schläft die ganze Zeit. Der Vater kann sich nicht für die Verdauungskanäle begeistern – sagen wir, es fällt ihm schwer, Zuneigung zu entwickeln.

Die Liebe kommt später, wenn der Säugling zum Kind wird und zu sprechen anfängt. Da beginnt es, interessant zu werden.

Der Körper reicht also nicht aus, um vom Vater geliebt zu werden – es reicht nicht, Arme zu haben, Beine, Augen, einen runden Bauch, der nach Kitzeln und Milch verlangt.

Mit etwa drei Jahren erlebt sie, wie der Vater zu ihr spricht, sich lächelnd über sie beugt, sieh an, sie kann ja sprechen, sie antwortet, sie drückt sich aus, sie spricht sehr gut für ihr Alter.
    Beim Vater ist man besser nicht kindisch.

Seltsam ist, dass er nicht viel sagt, er ist schweigsam, im Großen und Ganzen. Sie aber, sie plappert, erzählt, erfindet die Welt. Da er ihr doch zuhört, was macht es da, wenn er schweigt?

Sie spricht für ihn.

ANDRÉ

Jeden Abend um halb neun geht sie schlafen. Sie schläft
mit ihrer Schwester im selben Zimmer.

Jeden Abend um halb neun geht der Vater weg. Er öffnet die Wohnungstür und verlässt das Haus. Sie hört, wie
draußen auf der Straße der graumetallene Peugeot 404
anspringt.

Jeden Abend um Viertel vor neun kommt André. Er
parkt seinen Jaguar, seinen Porsche, seinen Cadillac, und da
ist er. Er klingelt nicht – die Kinder schlafen, ihre Mama erwartet ihn so schon am Fenster, sie betätigt den Türöffner,
er nimmt vier Stufen auf einmal, er kommt an, er ist da.

In allen Romanen, die sie später schreibt, wird André der
Name des Geliebten sein. Sie kann diesen Namen nicht
ändern, kann keinen erfinden. Der Geliebte ist keine Fik-
tion, sondern eine benennbare Realität; der Geliebte ist
keine Figur, sondern ein Mann, ein echter: Er ist es und
kein anderer: André.

André ist schön, elegant, parfümiert, ein feiner Mann.
Er trägt Anzüge aus Köper, Seidenkrawatten, Fliegen,

schwarze oder cremefarbene Smokings, maßangefertigte
Schuhe, Hemden mit seinem Monogramm, Hüte. Er
raucht Craven A in elfenbeinernen Zigarettenspitzen, er
riecht nach Habit Rouge von Guerlain, er hat die Arme
voll roter Rosen, weißer Nelken, seltener Orchideen, er
bringt Champagner, Gänseleber, Kaviar mit, tanzt wunderbar Tango, Walzer, Bebop, er legt *Petite fleur* von Sidney
Bechet auf, sie hört ihre Schritte über das Wohnzimmer-
parkett gleiten, sie tanzen einen Slow auf *Petite fleur* –
nicht so laut, die Kinder schlafen.

Manchmal klingelt das Telefon im Dunkeln. Es ist für
André – er ist Frauenarzt, er entbindet die Frauen Tag
und Nacht, er wird gerufen, er geht, er bringt die Kinder
zur Welt, er eilt fort, er springt in sein Auto, schon ist er
weg.

Gegen Mitternacht kehrt der Vater zurück, manchmal
früher, manchmal, bevor André gegangen ist. Er setzt sich
ins Wohnzimmer und hört Musik im Radio. Kurz darauf
öffnet sich die Schlafzimmertür, die Mutter kommt heraus, gefolgt von André. Der Vater und André geben sich
die Hand, guten Abend Pierre, guten Abend André, sie
wechseln ein paar Worte, dann geht André. Die Mutter
verschwindet kurz im Badezimmer und legt sich schlafen,
der Vater hört wieder Radio. Um zwei Uhr isst er eine
Kleinigkeit in der Küche, dann macht er überall das Licht
aus und begibt sich auch ins Schlafzimmer, lautlos – die
Kinder schlafen.

Sie sieht die Buketts in den Vasen, die Stummel in den
Aschenbechern, die rot verschmierten Filter. Sie sieht
halb leere Flaschen, Kristallschalen, kaum angebissene
Toastbrote. Das angebrochene Bier des Vaters, bevor er
sein Geschwür bekam.

Zum Geburtstag schenkt ihr André schön gebundene Bücher, er sagt zu ihr: »Für dich, meine Süße.« Ihre erste Pléiade-Klassikerausgabe, mit dreizehn Jahren – Guillaume Apollinaire –, stammt von ihm.

Sie findet ihn schön. Oder eher: Ihre Mutter findet ihn schön. Das kommt auf dasselbe heraus.

Einmal pro Woche darf sie bis zehn Uhr bei ihrer Großmutter, die zwei Stockwerke über ihnen wohnt, fernsehen. Sie mag »Heute abend im Theater«, übertragen aus dem Theater Marigny: Man sieht, wie sich die Rentner in dem murmelnden Saal niederlassen, bevor es nach drei Schlägen still wird: Um genau halb neun geht der Vorhang auf. Er öffnet sich jahrein, jahraus vor demselben vornehmen und schmucklosen Wohnzimmer, zeigt tadellos gekleidete Darsteller – sie im schillernden Hauskleid, er im dunklen Anzug, die Arme voller roter Rosen.

Es ist eine Liebesgeschichte, nicht ohne Verstrickungen, die aber gut ausgeht im Allgemeinen.

Kommt sie von ihrer Großmutter zurück, sagt sie André guten Abend, der, als sei er auf dem Sprung, neben der ein wenig leidenden Mutter sitzt, von Zeit zu Zeit muss er mit Hilfe von Instrumenten aus seinem Köfferchen ihren Blutdruck überprüfen, das Stethoskop hängt um seinen starken Hals, auf seiner breiten Brust. Sie denkt, dass er sich gut um sie kümmert, dass sie sich glücklich schätzen kann, ihre Mama, André zu haben.

Sie legt sich hin und träumt davon.

Das Bühnenbild ist von Roger Hartz, die Kostüme von Donald Cardwell.

MIT IHM ALLEIN

Was ich an den Männern am meisten mag, körperlich, das
sind die Schultern, die Linie, die vom Hals zum Armge-
lenk führt, die Arme, die Brust, der Rücken. Was mir bei
einem Mann gefällt, das ist die Figur, der Wuchs, die Sta-
tur. Die jungen Epheben, das ist nichts für mich – oder sie
sind bereits kräftig, fähig, in Katastrophensituationen die
Welt und beim akrobatischen Rock and Roll ihre Dame
zu tragen. Ich kann stundenlang vor Jupiters Torso stehen,
Apollons Büste, Atlas' Rücken. Mein Ideal gleicht den
Studien Michelangelos, den Zeichnungen Leonardos, hat
die Muskulatur von Titanen. Ich verpasse keine Leicht-
athletikmeisterschaft im Fernsehen, diese Zeitlupenauf-
nahmen der großen Sprinter, die tief Luft holen wie
galoppierende Pferde, der Start zu hundert Meter Freistil-
schwimmen … Mein Männertyp ist Zeus – ich habe eine
Schwäche für Götter.

Ich erinnere mich an – der Name ist unwichtig –, er war
sehr mager, fast knochig (»dieser Kümmerling«, sagte
mein Mann), aber er hatte schöne Schultern, die mit dem
Halsansatz einen rechten Winkel bildeten, sehen Sie, und

war von zartem Wuchs, und wenn er nackt war, kann sein, dass man dann das Skelett unter dem Athleten erahnte, aber wie schön das war! Man sah die Kraft und den Tod. Er hatte einen magischen Satz für mich, der mir die Tür zur Lust aufstieß, er sagte: »Komm in meine Arme.«

Und dann mein Großvater: Er war ein berühmter Rugbychampion, ich habe einen Gipsabdruck zu Hause; er war Flügelstürmer, schnell und kraftvoll zugleich, es ist herrlich anzusehen, wie er läuft.

Mein Mann ist sehr schön, sehr athletisch, er treibt viel Sport. Ich mag Männer, die mit ihrem Körper gegen die Auflösung der Welt kämpfen, die den Prozess ins Nichts aufhalten, ich liebe es, wenn Männer den Körper durch die physische Anstrengung an seine Grenzen treiben – aber er hält es aus, es geht vorbei, sie leben: die Schauspieler, die Opernsänger, die großen Sportler, deren Wahnsinnslauf mich rührt, die Aufbietung aller Kräfte, der Schmerz, die Gewalt, das Meistern, das Unglück. Ich bewundere diese Körper, diese wie Seile gespannten Nerven, die Leistungen, die Rekorde, auf die sie sich stürzen in der lächerlichen Einsamkeit ihrer erhabenen Träume: vollenden, was keiner zuvor geschafft hat – nicht zu sterben; in der Hand das Gewicht der Welt halten. Götter sein.

Die physischen Leistungen sind für mich weniger, wie man es oft hört, eine Metapher für sexuelle Potenz, als eine Darstellung der triumphierenden Verzweiflung des Menschen, des Sprungs, den er machen müsste, um nicht mehr sterblich zu sein.

DER SÄNGER

Es hat sie kräftig erwischt; er müsste nur pfeifen und sie wäre zur Stelle, aber da besteht keine Gefahr. Sie hat ihn noch nie gesehen, in ihrem Zimmer hängt kein Bild von ihm, sie weiß nicht einmal, was für ein Gesicht er hat, was für einen Körper, ob er schön ist – sie ist nicht einmal sicher, ob er noch lebt, wenn sie ihn hört, denkt sie, er sei tot – meistens hat sie genau dieses Gefühl: Er ist tot und hat nichts hinterlassen außer seiner Stimme, die so lebendig ist, dass sie die Frauen und den Tod beschwören kann. Stundenlang hört sie ihm zu, so wie man einen Tag mit der Liebe verbringt.

Er ist Italiener. Dieses fremde Moment ist wichtig. Dass er woanders herkommt, macht ihr Verlangen nach ihm noch stärker. Er singt Verdi, die Stelle der *Traviata*, wo Alfred Violetta seine Liebe erklärt. In der etwas alten Aufnahme, die sie besitzt, klingt es immer so, als wäre er weit weg, im Hintergrund einer Bühne, auf der die Frau den vorderen Teil einnimmt, immer, bis in alle Ewigkeit. Seine Stimme kommt also von dort hinten, ist stets weiter weg, als würde er sich gegen seinen Willen von der Straße entfernen, vom Fenster, vom Körper, den er nicht verlassen will und den er doch verlässt, um ihn nie mehr wiederzufinden. Es ist eine volle und schöne Männerstimme, die von der anderen Seite einer Wand zu uns gelangt, und er schreit sich die Seele aus dem Leib, um diese Wand zu überwinden, zu durchdringen, zum Einsturz zu bringen – *misterioso, misterioso altero*. Und wir gehen ans Fenster, beugen uns zitternd hinaus, wir bemerken ihn im Dunkeln, grauer Schatten, tiefes Geheimnis, Finsternis, wir zögern, fürchten uns, er singt, aber weit weg, er ist es, aber weit weg. Was ist das für eine männliche Stimme, die aus einem Körper kommt und sich gleichzeitig entfernt, diese Stimme, die von der Distanz erzählt, von der Ohnmacht, anderswo zu sein als weit weg, getrennt. Der Mann singt, um seine Abwesenheit auszudrücken, seine Stimme verspricht, was sie nicht halten kann – den Körper. Der Atem und die Stimme legen eine unendliche Entfernung zurück, die von nichts ausgefüllt wird, das Begehren, das sie entfachen, wird nie wirklich eingelöst werden, und dieses Nichts, das sie in uns auslösen, dieser Graben, der immer tiefer wird, da, mitten im Bauch, lassen uns schmerzlich die Abwesenheit erleiden, machen uns für die Tiefe des Abgrunds sensibel und lassen uns das Ausmaß des Scheiterns spüren.

Getragene Männerstimme, Männerstimme voll des Mysteriums, die uns für immer vom Körper trennt, der ihr Meister ist. Männerstimme, in der die Lust singt, ihre Würde.

DER GROSSVATER

Der Großvater ist nicht oft da. Er arbeitet in seiner Fabrik. Er geht in den Rugbyclub, dessen Präsident er ist. Er spielt Karten in der Brasserie des Sports. Er ist verreist. Er ist im Krankenhaus. Er ist tot. Der Großvater ist oft abwesend.

Der Großvater ist immer da: Im Goldrahmen an der Wand des Arbeitszimmers bezeugt er für alle Ewigkeit den historischen Versuch, von dem die Zeitungen in jenem Jahr berichteten, er rennt schneller als all die All Blacks zusammen, die Menge erhebt sich, um ihm mit den Blicken zu folgen, und wenn man mit den Augen ganz nah an das Bild herangeht, kann man den beeindruckten Churchill, mit offenem Mund, auf der Ehrentribüne des Stadions erkennen, in dem sich die Götter bewegten.

Der Großvater ist dieser Held. Was sonst noch? Sie weiß es nicht, aber sie vergeht vor Neugierde. Eines Tages – sie ist dreizehn und er tot – versammelt sie alles, was sie von ihm kennt, alles, was sie gesehen hat und alles, was man ihr erzählt hat. Es ist sehr wenig: Vergegenständlicht würde es in einer Keksdose Platz finden.

1) An einem Donnerstag lädt er auf einem Volksfest zerlumpte Zigeunerkinder zu Karussellfahrten ein.

2) Er bringt ihr die Uhr bei und bastelt eine mit ihr aus Pappe, deren Zeiger mit einem Korkzapfen befestigt und bewegt werden. Der Hintergrund ist blau, die Farbe der Zeit.

3) Er kennt die Plätze, wo es Pfifferlinge gibt, die Gepflogenheiten der Forellen, die Namen der Bäume.

4) Er zeichnet wie keiner sonst, man kann von ihm verlangen, was immer man will, es sieht aus wie echt.

5) Er ist Ingenieur. Sein Vater war Lehrer.

6) Im Krieg wurde er dreimal von der Gestapo vorgeladen: Ganze Metallladungen waren in der freien Natur verschwunden.

7) Er kennt wichtige Leute, er empfängt Monsieur Chaban-Delmas zum Essen, der auch ein Held ist.

8) Er ruft viel Eifersucht hervor, sogar bei seinen Nächsten, seinen Brüdern.

9) Er raucht, er raucht die ganze Zeit, er hatte vier Infarkte. Er hatte auch ein Magengeschwür, und als sein Ärmel in der Fabrik von einer Maschine erfasst wurde, hätte er beinahe einen Arm verloren.

10) Der Arzt hat ihn gewarnt: »Wenn Sie mit der Raucherei nicht Schluss machen, dann wird der Nächste der Letzte gewesen sein.« Aber er ist ein Mann, er ist stark, er hat keine Angst vor dem Tod.

11) Er legt ihr die Hand auf den Kopf (sie mag das, und wie sie das mag ...) und sagt feierlich, mit einem Stupser auf die Nase: »Aus dir wird mal was werden.«

12) Sie wird alles machen, was er will, sie liebt ihn.

DER GROSSONKEL

Er ist der Bruder ihres Großvaters. Sie sieht ihn jeden Sommer in dem Dorf im Tarn, wo sie geboren sind und wo sie sich während der Ferien das elterliche Haus teilen – jeder ein Stockwerk.

Jeden Sommer kommt sie triumphierend im DS ihres Großvaters angefahren. Sie ist vier Jahre alt, fünf, sechs, ihm würde sie bis ans Ende der Welt folgen. Er nimmt sie mit zum Fischen, in die Blaubeeren, in die Pfifferlinge. Jedes Mal, wenn in einer Kurve oder hinter einer Wiese der Glockenturm des Dorfes auftaucht, lüpft er seine Tweedmütze und sagt pathetisch, um sie zum Lachen zu bringen: »Hier ist ein großer Mann geboren.« Sie lacht, aber sie glaubt es: Sie glaubt, dass es keinen stärkeren Mann als ihren Großvater gibt – keinen einzigen auf der ganzen Welt.

Eines Abends stirbt er. Sie ist neun, sie rezitiert Gedichte für ihn, die sie in der Schule gelernt hat, *Morgen in der Frühe, zur Stunde, wenn das Land sich erhellt; O Schrank aus alten Zeiten, was kennst du für Geschichten Und was könntest du erzählen, du raunst Wenn langsam die große schwarze Tür aufgeht*, aber da ist nichts zu machen, er hat zu viel geraucht, zu oft, heimlich auf der Toilette, und so stirbt er.

Am nächsten Tag ist die ganze Familie da, zum Teil von weither gekommen, tief bewegt. Alle klagen und weinen, immer sind es die Besten, die gehen müssen! Sie gibt sich Mühe, fröhlich zu erscheinen, um die Großmutter und ihre Mutter zu trösten, sie ist zu jung, sie versteht nicht.

Sie geht zum Gemüsegarten unterhalb der Straße, sie will nachsehen, ob der Kopfsalat wächst, den ihr Großvater gepflanzt hat. Der Großonkel ist da, einen Spaten in der Hand. Als sie sich ans Steinmäuerchen lehnt, kommt er zu ihr. Sie lächelt ihn an. Er legt die Hand auf ihren Rücken, dann lässt er sie in ihre Shorts gleiten, streichelt ihre Pobacken, macht den Knopf auf, sie hat noch kein Haar, sieh an, aber das wird bald kommen, sie mag das, hm, alle Mädchen mögen das, sie wird schon sehen, und er mag das auch.

Nach der Beerdigung fängt er wieder damit an, nach dem Essen. Sie flüchtet sich zu den Nachbarsbauern, die sie von klein auf kennt. Sie trinken gerade ihren Kaffee. Der Großonkel folgt ihr, lässt sich einen Schnaps einschenken, setzt sich neben sie auf die Bank, und während er plaudert, raucht, legt er die Hand zwischen ihre Schenkel, lässt sie da. Sie wartet darauf, dass sie etwas sagen, irgendjemand, wenigstens die Bäuerin oder ihre Schwiegertöchter, dass sie sie retten. Aber niemand sagt ein Wort, alle starren sie an, sie wagt sich nicht zu rühren, sie verharrt, als wäre nichts geschehen, verdorbenes Ding.

Eines Morgens geht sie zu ihrer Großmutter und sagt es ihr. Die Großmutter ist dabei, den Balkon zu fegen, das Wetter ist schön, sie sieht abgespannt aus, bleich vor Kummer. Bei den ersten Worten stößt sie sie ins Innere, ins Zimmer mit dem großen gelben Bett. Sie fasst sie an den Schultern, kniet zu ihr nieder und sagt ihr ganz dicht am Ohr:

»Was du mir da eben gesagt hast, erzähl das nie weiter. Hast du verstanden: niemals.«

MIT IHM ALLEIN

Ob ich Freundinnen habe, Frauen, die mir nah sind? Nein, keine einzige. Ich hatte nie wirklich Vertrauen, ich weiß nicht, ich habe mich nie einer Frau anvertraut, nie. Warum?

MIT IHM ALLEIN

Im darauf folgenden Winter bekam ich ganz oben an meinem Bein einen riesigen Furunkel, es tat sehr weh, und ich erinnere mich, dass es ziemlich gefährlich war, man musste ihn aufstechen, den Keim entfernen. Mein Vater machte es: Ich, die Beine breit, im Höschen, und mein Vater, die Nase darauf, mühte sich mit einer Nadel oder etwas Ähnlichem ab, während meine Mutter meine Hand hielt, als würde ich gebären – ich sage das, weil die ganze Szene mir auf einmal wieder einfiel, als ich zum ersten Mal schwanger war, ich hatte sie verdrängt, vergessen, und mit der Klarheit der Tränen, die Zähne zusammengebissen, um nicht loszuheulen, kam mir dieses Bild wieder: mein Vater zwischen meinen Beinen, der einen bösartigen Keim entfernt.

Im selben Jahr – ein wirklich schlimmes Jahr, viele Krankheiten – hatte ich einen eingewachsenen Nagel, der Nagel des großen Zehs wuchs unter die Haut, auch der musste mit einer Art Pinzette herausgezogen werden, erst etwas anheben, lösen, dann entfernen, ohne dass es allzu sehr weh tat. Diesmal ist es André, der es tut, André, denn er ist ja Arzt; er war sehr nett, am Schluss hat er mich auf die Wange geküsst – er roch nach Vetiveröl – und gesagt: »Es ist vorbei, meine Süße, jetzt bist du den bösen Onkel los, der dir ans Fleisch will.«

– Ja.

– Ja, ja, ja. Der Körper drückt sich auch über Wörter aus, übrigens sind die Wörter Teil des Körpers, sie teilen sich mit, gehen von ihm aus, kehren zu ihm zurück, glauben Sie, Sie bringen mir etwas Neues bei? Der Körper ist voll gestopft mit Wörtern bis zur Kehle, Fur-Unkel (wussten Sie, daß Furunkel auf Lateinisch kleiner Dieb heißt?), großer Onkel, einverstanden, aber keiner versteht sie. Selbst Sie, die Sie dafür da sind, Sie hören nichts, Sie verstehen nichts, Sie spielen den Unwissenden – und dabei ist es doch gar nicht kompliziert, so ein Körper, das Alphabet besteht nur aus wenigen Buchstaben, so viele Wörter gibt es nicht, es ist ganz einfach, so ein Körper, eine einfache Sprache. Außerdem sprechen sie alle, aber niemand versteht sie. Ich bin da und spaziere in diesem Körper herum, den keiner hört: Das bringt mich um, hören Sie, das bringt mich um.

DER MANN IN IHRER PHANTASIE

Sie wird zu ihm geführt, zu ihm gestoßen. Aufrecht sitzend, das Gesicht unbeweglich, braun, drückt er sich in einer fremden Sprache aus, durch kurze, kehlige Befehle. Ein Assistent übersetzt ihr, sie solle sich ausziehen, sie weigert sich, der Mann macht eine Geste mit der Hand, sie schreit, man zwingt sie.

Sie steht nackt vor dem Mann. Sie muss sich um sich selbst drehen, mit dem Rücken zu ihm stehen bleiben, sich bücken, er betastet ihre Brüste, wiegt sie mit der Hand, steckt einen Finger in alle Öffnungen, misst den Taillenumfang, die Hüften, zieht die Pobacken auseinander, löst die Haare, hebt sie hoch, befühlt sie, befiehlt ihr, eine Brücke zu machen, sich niederzuknien, sich auf den Rücken zu legen, auf allen vieren zu gehen, sich in die gynäkologische Position zu begeben, zum Gebet niederzuknien, untersucht den Mund, die Zähne, die Brustwarzen, die Scham, die Nägel.

Man färbt ihr die Haare in helles Blond, verwandelt ihr glattes Aussehen in einen Schwall von Locken, deren Volumen jeden Morgen wieder aufgebläht wird.

Man injiziert ihr ein Produkt auf Kollagenbasis in die Lippen, das ihnen mehr Schwung verleiht, sie dicker macht.

Man setzt ihr Brustimplantate ein, macht die Brüste um zwei Nummern größer, färbt ihr die Brustwarzen braun.

Man enthaart ihr das Schambein, die Achseln, die Beine.

Man feilt, poliert und lackiert ihr die Nägel.

Man befiehlt ihr Übungen zur Stärkung der Pomuskeln – hunderte, stundenlang.

Man bringt ihr bei, Befehle in unterschiedlichen Sprachen zu befolgen, auf hohen Absätzen zu gehen, zu lächeln, sich hinzugeben – von hinten, von vorne, zum Vergnügen aller.

Man trainiert sie täglich in Fellatio, in Sodomie, man stärkt ihre Dammmuskeln durch Übungen mit Plastikpenissen, man lässt sie Positionen wiederholen, um sämtliche Geschmäcker zu befriedigen, von mehreren gleichzeitig genommen zu werden und keinen zu enttäuschen, der Nachfrage nachzukommen.

Nach drei Monaten ist sie so weit. Lackierte Nägel, lockige Haare, sie trägt einen einschneidenden, von hinten bis vorne geschlitzten Slip und einen BH, aus dem ihre beiden schweren Brüste fast vollständig herausquellen. Der Mann probiert sie aus, leiht sie anderen aus, lässt sie testen, prüft sie.

Dann wird sie auf die Runde geschickt. Sie bedient am Tisch und im Rauchzimmer, antwortet auf das Klingeln, auf jeden Wink, jedes Wort, tut alles, was die Männer wünschen, behält ihren Slip an, für die, die es so mögen, zieht ihn aus, wenn es verlangt wird – einige schneiden ihn mit einer Schere auf.

Wenn niemand nach ihr verlangt, bleibt sie neben der Tür stehen, mit eingequetschten Brüsten, hervorspringendem Hintern, wulstigen Lippen, oder dient neben einem Sessel als Beistelltisch, auf den man schwer und kalt einen harten Aschenbecher aus Marmor stellt.

DER VATER

Und wohin geht der Vater jeden Abend um halb acht, während André bei der Mutter ist?

Wohin geht der Vater? Ein brennendes, aber nicht lange währendes Geheimnis, denn es sollte sich schon bald klären durch ein Gespräch mit Andrés Kindern, die man zufällig im Schwimmbad trifft: Der Vater geht jeden Abend um halb acht zu Andrés Frau.

Der Vater ist ein einfacher Mann. Sie weiß nicht, wie das alles gekommen ist, wie das angefangen hat, dieses Bäumchen wechsle dich, und sie wird es nie wagen, ihn danach zu fragen. Sie denkt einfach, dass nicht er damit begonnen hat – der Vater hat nichts von einem Abenteurer, er mag kein Abenteuer, keine Abenteuer – und dass er, als es sich damit abzufinden galt, diese Lösung gewählt hat, die vielleicht nicht die allerbefriedigendste war, aber die einfachste. Irgendetwas musste ja getan werden, und Andrés Frau, unter welchem Gesichtspunkt man es auch betrachtete – Stolz, Rache, Verzweiflung oder Gefallen an der Symmetrie –, das war nun mal das Einfachste.

DER VATER

Der Vater hat einen einfachen Geschmack. Er hört klassische Musik, ein paar Platten, die er wohl früher geschenkt bekommen hat – neue kauft er sich keine. Es kommt vor, dass ihm ein Stück im Radio gefällt – ein Chanson von Georges Brassens, eine schwebende Melodie von Pink Floyd –, aber er versucht nie, es sich zu beschaffen, es noch einmal zu hören. Er nimmt die Dinge, wie sie kommen, überstürzt nichts, es verlangt ihn nicht danach, sie gefallen ihm einfach. Dinge, die man erobern, erstreben, wollen müsste, auf sie verzichtet er.

Mit Frauen ist es genauso.

Am Sonntag lässt er sich wecken, um Pierre Dac und Francis Blanche oder die Sketche von Fernand Raynaud zu hören. Er lacht Tränen, sie sitzt auf seinen Knien, sie versteht nicht alles – *Und was verstehen Sie darunter? Oh! Da unten verstehe ich nicht sehr viel* –, er erklärt es ihr nicht, das wird sie später verstehen. Er hat auch Platten von Jean Rigaud im Schrank, verboten für Jugendliche unter achtzehn Jahren, sie legt sie nachmittags auf und findet sie auch verboten, *Na, du alter Sack – ja, meiner schrumpelt*

59

auch –, es sind Life-Aufnahmen, das Publikum kreischt vor Vergnügen.

Sonst liest der Vater. Die Mutter kauft wahllos Krimis zu einem Franc für ihn, die sie danach zurückbringt und gegen andere eintauscht. Manchmal hat er sie schon gelesen, er merkt es nach fünf, sechs Seiten. Auf dem Umschlag ist immer ein nacktes Mädchen oder eins in Stiefeln mit Dekolleté, einen Revolver in der Hand oder betont lässig in der Schusslinie stehend. Sie liest sie, sobald sie lesen kann – die Detektive heißen S.A.S. oder San Antonio, sie findet, dass sie einander ähnlich sind, dass es immer dieselbe Geschichte ist, mit packenden Stellen, wo die Mädchen sterben, nachdem sie lange vergewaltigt worden sind, mit Titeln in Form von Wortspielen, die die Handlung in barbarischen Ländern ansiedeln, wo man nie hinfahren wird.

Hin und wieder geht der Vater ins Kino. Er sieht sich den letzten James Bond an, übrigens finden alle, er ähnelt Sean Connery. Oder einen Film über Arthur Rubinstein, mit seinen Töchtern, die kein Musikinstrument lernen, weil das zu viel Lärm machen würde im Haus.

DER VATER

Der Vater hat nur einen Vater, keine Mutter. Wenn sie seine Familie im Gard besuchen, nicht oft, denn es ist weit, muss sie zwangsläufig feststellen: Auf Seiten des Vaters gibt es keine Großmutter. Einen Großvater, ja, Großtanten und ihre Ehemänner, Cousins zweiten Grades, ja – aber keine Großmutter.

Und doch ist der Vater keine Waise. Es gibt kein Grab, keinen Kummer, keine Trauer. Sie musste gelebt haben, er muss ihr begegnet sein, wenigstens ein Mal, aber niemand spricht darüber. Es gibt keine Fotos, keine Erinnerungsgegenstände, keine Erinnerung. Wenn sie im Gedächtnis ihres Vaters lebt, so weiß man nichts davon, es ist alles schwarz auf schwarz.

Der Vater hat manchmal ein trauriges oder ernstes Gesicht mit einem Hauch von Verbitterung gemischt. Vielleicht fragt er sich, ob seine Mutter ihn vergessen hat.

Sie denkt oft an den Vater. Sie fragt sich, wie seine Kindheit war. Sie kann sich nicht vorstellen, wie er war, als Kind, wie das möglich ist. Er tut ihr Leid.

Eines Tages bei Tisch ergreift der Vater das Wort: »Nächsten Donnerstag kommt meine Mutter zum Essen.« Dann fügt er, angesichts der weit aufgerissenen Münder seiner Töchter genervt, hinzu: »Eure Großmutter.«

Was für eine Neuigkeit.

Er musste sie absichtlich an einem Donnerstag eingeladen haben: Er arbeitet, es ist sogar der Tag, an dem die meisten Patienten kommen, aber sie haben keine Schule. Claude ist vierzehn, sie zwölf. Sie finden, dass der Vater übertreibt und dass er ihnen ein paar Erklärungen schuldig ist. Aber nein. Der Vater hat eine Mutter, das ist alles.

Kein Kommentar.

Vaters Mutter kommt am besagten Tag, kurz vor Mittag. Der Vater sagt zu ihr: »Guten Tag, Madame.« Man begibt sich gleich zu Tisch, denn er hat Termine, er muss um vierzehn Uhr in seiner Praxis sein. Er hat noch anderes zu tun, der Vater.

Seine Mutter nicht. Sie möchte seine Praxis sehen, ja, sehen, wie er sich eingerichtet hat, seinen Erfolg, sie hat einen Zahn, der ihr Beschwerden macht, ja, wenn er einen Blick darauf werfen könnte, wenn er sie untersuchen könnte, nur einen Augenblick. Ihre Enkelinnen werden ihr den Weg zeigen, wie es wäre, so gegen sechzehn Uhr, ihr Zug fährt um neunzehn Uhr zwei, vorher werden sie Einkäufe machen, sie möchte ihnen Geschenke kaufen, vorher konnte sie sich nicht darum kümmern, außerdem fürchtete sie, sich zu irren, sie kennt ihren Geschmack nicht, sie weiß nicht, und dann ist das nicht sehr praktisch mit den Paketen im Zug, sie möchte auch Fotos machen lassen, zu einem Fotografen gehen für Porträts, sie hat überhaupt keine Fotos.

Der Vater hat auch keine Fotos. Und keine Zeit, welche zu machen. Und keine Lust, seine Mutter zu untersuchen. Aber wenn ihr Zahn wirklich …

Großmutter kauft ihnen Platten der Bee Gees. Sie hätten gerne *Que je t'aime* von Johnny, wagen es aber nicht, danach zu fragen: Der Vater hat es ihnen strikt untersagt, das ist kein Schlager für ihr Alter.

Um sechzehn Uhr warten sie alle drei im Wartezimmer. Die Großmutter fragt sie aus, was sie später werden wollen – sie wissen es nicht.
Sie betreten den Behandlungsraum. Der Vater bereitet diverse Utensilien vor, macht sich zu schaffen. Seine Mutter schaut sich mit zufriedener Miene um. Sie schaut auch ihn an: schön, groß, vierzig Jahre alt, alle Zähne – das letzte Mal hatte er nur acht. Ihr Mutterherz ist voller Stolz.

Sie ist mit einem anderen Mann fortgegangen – von ihrem Ehemann, ihrem Sohn. Ihr Mann hat es ihr deutlich gesagt: Wenn sie geht, wird sie ihr Baby nie mehr sehen, sie wird nicht das Recht dazu haben. Er hat sie vor die Wahl gestellt: »Dein Kind oder dieser Kerl.« Sie hat sich für den Kerl entschieden.
Der Vater hat also einen Rivalen – einen glücklichen Rivalen. Es ist eine schwierige Situation, lange her. Seit der Geburt, beinahe. Der Vater ist ein geborener Verlierer. Würde man nicht sagen, wenn man ihn so sieht. Hätte man nicht für möglich gehalten.

Er bittet seine Mutter, sich auf den Behandlungsstuhl zu setzen. »Setzen Sie sich«, sagt er.
Der Lärm des Bohrers ist unerträglich. Sie haben sich in eine Ecke gesetzt und lesen die Plattenhüllen. Sie

können es nicht erwarten, dass es neunzehn Uhr zwei wird.

Der Vater füllt ein Versicherungsformular aus. Großmutter öffnet ihre Brieftasche, zieht zwei Scheine heraus. Er gibt ihr das Wechselgeld.

Man weiß nichts über den Vater, nichts von seiner Lebensgeschichte. Nur das: Er lässt seine Mutter bezahlen.

MIT IHM ALLEIN

»Ehetherapie.« Etwas gewagt, nicht?

Glauben Sie, dass man ein Paar behandeln kann? »Ich bin verheiratet, aber ich lasse mich behandeln«, so etwa?

Ich sollte besser den Anwalt unter Ihnen aufsuchen.

Kann man Beziehungen verbessern, lose Bande neu knüpfen? Und wie?

Es braucht zwei dazu? Zwei wofür? Um vom Paarsein zu genesen?

Mein Mann käme nie – niemals, soviel steht fest.

Aber wir sind doch zwei. Sie und ich, das macht zwei.

Ich scherze nicht weiter, ich höre schon auf – Sie mögen es nicht, wenn ich mich lustig mache.

Was ich meine, ist, dass selbst der Begriff Ehe unheilbar ist. Der Ausdruck Ehejoch kommt nicht von ungefähr. Und Mann und Frau gemeinsam unters Joch zu spannen wie Ochsen an den Karren, das heißt, eine Maus und einen Tiger verkuppeln zu wollen, oder eher nein, keine Größenskala, eine Maus und eine Eidechse, Sie dürfen raten, wer die Eidechse ist.

Kurz, es gibt keine Verbindung, ich sehe keine Verbindung. Sie tun so, dabei sind Sie der Erste, der es wissen müsste: keinerlei Verbindung.

Allerhöchstens kann man hoffen, sich einander anzunähern. Mich dem Mann anzunähern, darum geht es. Aber nicht so weit, dass man hoffen kann, ihn zu fassen oder sich mit ihm zu vereinen. Für einen Tanz allerhöchstens. Eine Walzerdrehung, mit Licht zwischen den Körpern. Eine Maus und eine Eidechse für einen Augenblick im selben Sonnenstrahl.

Ein Mann und eine Frau, die tanzen, ist das für Sie ein Paar? Eine Vereinigung, geeignet, eine Einheit zu bilden?

Für mich sind das zwei – in einem Paar ist man zu zweit, Sie sagen es selbst –, aber ich sehe die Verbindung nicht.

Behandeln Sie Tänzer? Auch, wenn der Ball zu Ende ist?

DER VATER

Der Vater hat viel gelitten, soviel ist sicher. Er ist ein armer Papa ohne Mama.

Sie macht kleine Zeichnungen für ihn, in lebhaften Farben. Sie schreibt Gedichte, Verse, die sie ihm abends nicht unters Kopfkissen legen kann, wegen André, sie steckt sie aber in die Tasche seines Schlafanzugs, der im Badezimmer am Kleiderhaken hängt. Jeden Tag erfindet sie nach den Hausaufgaben einen neuen Refrain, ein zartes Gedicht, dem Paps, dem lieben Paps gewidmet. Sobald sie vom Gymnasium nach Hause kommt, streift sie die Pantoffeln über, die sie ihm zum Geburtstag geschenkt hat, sie versinkt darin, aber das gefällt ihr, es gibt ihr das Gefühl, bei ihm zu sein, in einer Art vertraulicher Zweisamkeit: Sie behagt ihr, diese Pantoffelintimität.

Sie ist in der sechsten, ein Jahr voraus. In der Schule war sie immer die Erste oder Zweite, jetzt geht es darum, jedes Trimester Auszeichnungen zu bekommen, die Beste zu sein. Sie ist hübsch, fröhlich, sanftmütig, höflich, zärtlich, pflegeleicht, gut erzogen, aufmerksam, sensibel, liebenswürdig. So wird der Vater stolz sein, und wenn sie nach dem Essen auf seine Knie klettert, mittags und abends, lächelt er sie an.

So prägt sich im Laufe der Monate ihrer späten Kindheit ihr Männerideal, ihre Definition vom idealen Mann: Es ist jemand, der gelitten hat, den man aber glücklich machen kann. Das kleine, zur Frau gewordene Mädchen hat nichts von einer Herzensbrecherin; ihre edelste Ambition, ihr stolzestes Projekt ist es im Gegenteil, sobald ein Mann ihr gefällt, vor allem, wenn er traurig und bedrückt ist, ihn glücklich zu machen.

DER VERLOBTE

Ihre Kindheit war voll von Verlobten. Sie kann sich nicht wie viele Mädchen an ein Alter erinnern, in dem sie den Jungen feindschaftlich gesinnt war: So weit sie auch zurückgeht, sie sind da, neben ihr, wie in einem Licht, von dem sie gleichzeitig die Lampe und der Schatten ist. Ohne Zweifel ist die Kindheit die einzige Zeit ihres Lebens, wo sie sich ihrer bedient – die Kindheit ist voller Gegenstände, Spielsachen, die man austauschen kann, wenn der Aufziehmechanismus kaputtgeht. Aber sie machen sie auch mit dem Liebeskummer vertraut.

Der Erste trägt den Namen des Mannes, den sie zwanzig Jahre später zum Mann nehmen wird. Er hat nur eine Hand, die andere hat er in einem brennenden Auto verloren. Er ist vier, und wenn sie im Kindergarten mit ihm tanzt – alle Tänze nur mit ihm, es gibt keine anderen Tänzer –, führt sie ihn bei den Drehungen vorsichtig am Ellbogen. Sie ist traurig, als er in ein Nachbardorf zieht, und sollte erst zehn Jahre später wieder von ihm hören, abgebildet in einer Zeitung, wie er mit seiner einzigen bloßen Hand eine schroffe Felswand erklimmt.

Der zweite heißt Lionel. Als sie trübselig in dem Ferienlager ankommt, wo sie einen ganzen Monat fern von ihrer Mutter verbringen muss, sagt er zu ihr, dass es bei ihm zwei Monate sind, und zwar jedes Jahr, das der liebe Gott werden lässt: Er ist Waise, ein Kind der Sozialfürsorge – sie weiß nicht, was das ist. Als sie im Stück für die Sieben-, Achtjährigen die Fee spielt – er ist elf –, spendet er ihr tosenden Beifall und verlangt einen Kuss, den sie ihm gewährt, sich aber vergewissert, dass er die Augen schließt – dass er verliebt ist. Als sie Ende Juli wieder zu Hause ist, findet sie zwei Briefe vor, die er ihr im Voraus geschickt hat, über die sie vor ihrer überraschten Mutter in Tränen ausbricht und auf die sie nie antworten wird.

Dann war sie einen ganzen Sommer lang mit einem wunderbaren grünäugigen Jungen verlobt, André, dessen Vater, ein renommierter Chirurg, erfolgreich die Hand eines Kindes transplantiert hat, die von einer Kreissäge abgetrennt worden war, und der in einem himmelblauen Buick herumfährt, ohne den Pöbel eines Blickes zu würdigen, während sie einander im Versteck der Dünen die weißen Stellen ihrer gebräunten Körper zeigen.

Aber wenn sie tief in ihrem Herzen gräbt, so ist dort nur ein Verlobter der Kindheit wirklich bewahrt: Sie ist zwölf, gerade noch ein Kind, er sechzehn, vielleicht – aber sie liest bereits Racine, laut. Er hat nur einen Arm, der linke war etwas unterhalb der Schulter abgeschnitten, warum weiß sie nicht, genauso wenig, wie sie sagen könnte, was diese penetrante Wiederkehr des *Mannes ohne Arm* in jenen Jahren rechtfertigt und an welchem fehlenden Teil sich ihre Lust nährt – wiegen, halten, drücken: Entsteht die Liebe dadurch, dass da etwas unmöglich ist? Ist die Liebe das, was man immer nur mit dem Blick umfängt?

Sie folgt ihm mit den Augen am Beckenrand, wenn er im Glanz seines gebräunten Körpers vorbeigeht, seinen unvermeidlichen Bademantel über die linke Schulter geworfen, den er in einer gut einstudierten Geste zu Boden gleiten lässt, genau in dem Moment, in dem er für lange Zeit im blauen Wasser verschwindet, so dass von ihm nur der helle Flecken eines Frotteehaufens auf den Steinplatten zurückbleibt, den sie von weitem erkennt und nicht mehr aus den Augen lässt, bis er sich erneut emporzieht – seine Schultern, sein Rücken – und wieder eingehüllt wie ein verletzter Gott zwischen den lang gestreckten Badegästen umherwandelt.

Manchmal begegnen sich ihre Blicke: Dann lächelt er sie offen an, sie antwortet kaum, von oben herab, aus Angst, mit einer zärtlicheren Antwort die leidenschaftliche Liebe, die ihr das Herz abschnürt, in vulgäres Mitleid zu verwandeln.

Und dann eines Tages – sie verreist am übernächsten Tag zu ihrer Brieffreundin nach London – wird sie schwach und steckt beim Verlassen des Schwimmbads, betrübt angesichts des kommenden Exils, einen Zettel an die Bremse seines Mopeds, das sie ihn mit großer Geschicklichkeit hat lenken sehen, unterzeichnet mit ihrem Vornamen, den er bestimmt nicht kennt: »Ich liebe dich, weißt du das.«

Der Wind muss ihn davongetragen haben. Den Engländern drüben hat sie den ganzen Sommer erzählt, dass sie mit einem wunderbaren Typen verlobt sei, der nur einen Arm habe – a boyfriend, you mean? No, I mean a fiancé.

An diesem Punkt der Geschichte würde sie gerne vom Gesetz des Romans abweichen. Vielleicht will sie nicht, dass dieser Mann, dessen Verletzung real ist, als eine Erfindung angesehen werden könnte. Sie möchte seinen

Namen schreiben, seinen wirklichen Namen, den sie nie vergessen hat. Es ist bestimmt ein Fehler, so wie es ein Fehler gewesen war, sein Lächeln nicht zu erwidern; aber schreibt man nicht manchmal, um die Fehler und die vom Wind .verstreuten Liebesbriefchen einzuholen?

Régis Arbez, ich liebte dich, weißt du das.

DER VATER

Als ihre Schwester vierzehn ist, sie zwölf, erklärt ihnen
der Vater alles: das Blut, die Regel, woher das kommt, warum, die Gebärmutter, der Eileiter, die Eierstöcke, er malt
auf ein Blatt ein Schema, hier ist die Scheide, da der
Gebärmutterhals, wenn das Ei nicht befruchtet wird (der
Vater sagt: das Ei, sie stellt sich ein Ei vor), dann stirbt es
und die Schleimhaut wird abgestoßen, das nennt man die
Abstoßung (sie stellt sich vor, dass man an diesen Tagen
traurig ist).

Ihre Schwester fragt, wie das geht mit der Befruchtung,
mit dem Ei (sie weiß es bestimmt, aber nun gut). Also
erklärt der Vater alles: Das Glied, die Vorhaut, die Harn-
röhre, er macht eine Zeichnung, die Spermien, woher das
kommt, wohin das geht. – Ach so, aber wie …? – Ich er-
kläre es noch mal, sagt der Vater. Also gut: Das Glied (»Ist
das der Schwanz?« – die geht aber ran – »Nein, bringen
wir nicht alles durcheinander«), das Glied also dringt in
die Vagina ein: Das nennt man Begattung. Dann schickt
der Mann seine Spermien ins Innere der Gebärmutter:
Das nennt man Ejakulation. Dann zieht er sich zurück
(»Das nennt man Abstoßung« – »Gut, wenn du mich stän-

73

dig unterbrichst, hör ich auf«). Nun geschieht eins von beiden: Entweder die Frau befindet sich in den günstigen Tagen und kann schwanger werden, ein Baby bekommen, oder sie befindet sich nicht in der Phase des Eisprungs, und sie kann nicht schwanger werden. Wenn es ein günstiger Tag ist, umgeben die Spermien das Ei, und das schnellste gelangt ins Innere: Das nennt man Empfängnis. Das befruchtete Ei nistet sich in der Gebärmutter ein, und hier wächst das Kind neun Monate lang heran: Das nennt man Schwangerschaft. Nach neun Monaten kommt es heraus: Das nennt man den Geburtsvorgang.

– Und was ist es, fragt sie. Ein Junge?

Der Vater macht weiter, er hat vergessen, es zu erwähnen, er erklärt es, er weiß absolut alles, der Vater: die Chromosomen, die Vererbungslehre, XX, XY, der Zufall. Noch mehr Fragen?

Ihre Schwester, ja: Sie will wissen, was das ist, die günstigen Tage.

Sie weiß, sie weiß es, sie hebt den Finger wie in der Schule: Das sind die Tage XY – aber nein, sie hat nichts kapiert – in Sachkunde durchgefallen.

Der Vater fährt fort: Der Zyklus, die Menstruation, die ungefähr achtundzwanzig Tage, die günstigen Tage, um schwanger zu werden, wenn man überhaupt schwanger werden will natürlich nur, allerdings nur bei verheirateten Frauen: Junge Mädchen haben einen unregelmäßigen Zyklus, folglich ist jede Berechnung unzuverlässig, diese Geschichte, vom achten bis zum sechzehnten Tag zu zählen, funktioniert nicht, sie können in jedem Moment schwanger werden, das ist das Gefährliche daran, darum erzählt er ihnen das ja, damit sie genau verstehen: Für sie sind alle Tage günstig – das heißt, sind alle Tage ungünstig.

Und wenn wir schon dabei sind, können wir auch gleich alles erzählen: Man kann gleich beim ersten Mal schwanger werden (bei seinem drohenden Ton fällt ihr das Wort unheilschwanger ein), sogar während der Regel, sogar mit einem Präservativ (mit einem Pariser, sagt der Vater – aber das kennen sie, sie haben einen in der Nachttischschublade ihrer Mutter gefunden, der wird wie ein Handschuh aufgerollt), sogar wenn man die Pille nimmt – das kann passieren. Es kann auch ohne Penetration klingeln, es reicht, dass der Partner am Rand ejakuliert, sogar wenn man Jungfrau ist, die Spermien schlüpfen durch das Jungfernhäutchen und hopp, selbst wenn man sich auf unsaubere Toiletten setzt, selbst wenn man sich mit einem Handtuch abtrocknet, es reicht ein Tropfen Sperma, und es ist geschehen, das kann sehr schnell gehen bei so was, sehr sehr schnell.

Es ist also streng verboten, nackt mit einem Jungen zusammen zu sein, wenn man nicht verheiratet ist. Man sagt nein, man presst die Pobacken zusammen und behält seine Unterhose an: Das nennt man Enthaltung.

Kennst du das?, fragt sie ihre Schwester, als sie vom Religionsunterricht kommen. Es ist ein Gebet, das ich gerade gelernt habe, die Katholiken sagen es auf: »O Jungfrau Maria, die du eins bekommen hast, ohne es zu tun, mach, dass ich es tun kann, ohne eins zu bekommen.«

Das ist bestimmt Gotteslästerung. Aber sie pfeift darauf: Sie ist Protestantin.

MIT IHM ALLEIN

»Ich war glücklich«, »Endlich willigte sie ein, mich glücklich zu machen«: Das kann man in Romanen aus dem
achtzehnten Jahrhundert lesen. Ein Männersatz, da haben
wir einen typischen Männersatz, und ich frage mich, ob er
des Guten zu viel oder zu wenig besagt, ob es sich um
einen banalen Euphemismus oder um eine krasse Über-
treibung handelt, ob das Glück der Männer tatsächlich mit
dem weiblichen Körper steht und fällt. Umgekehrt, haben
Sie es gemerkt, stellt sich die Frage nicht: »Na, glücklich?«,
klingt sofort lächerlich, ist es an eine Frau gerichtet, wie
eine Parodie, als ob man nicht von derselben Sache redete,
vom selben Gefühl, als wäre es nicht dasselbe.
    Machen Sie mich glücklich, geben Sie mir, was ich Ih-
nen gegeben habe, das Glück – wäre das für Sie ein Zeichen von Hysterie bei Frauen wie mir: Dieser Schrei, der
auf einmal fordert, was ihm zusteht, den Geschmack des
Glücks im Mund, küssen Sie mich, schauen Sie mich an,
ich habe Lust, glücklich zu sein – diese Anwandlung des
Körpers, vom Körper des anderen ein Mehr zu fordern,
von dem er keine Vorstellung hat, das weder Vergnügen
noch Lust wäre, sondern Glück, ja, Glück?

DIE ERSTE LIEBE

Sie beginnt sich für ihn zu interessieren, als sie ihn auf einem Foto sieht. Er ist bereits seit zwei Wochen da, real vor ihren Augen, aber erst auf dem Foto entdeckt sie ihn. »Und da in der Mitte, von hinten, wer ist das?«, fragt sie eine Freundin, die die Abzüge ihrer ersten Woche am Meer entwickelt hat. Diese prustet los: »Ich weiß, dass es schwarzweiß ist, aber trotzdem ...«, dann, angesichts des neugierigen Schweigens: »Aber das ist doch Michel!«

Es ist Michel. Diese zugleich runden und breiten Schultern, dieser straffe Hals unter den Locken, dieser mächtige Rücken, der sich bis zur Taille zu einem V verjüngt, diese Arme, schlank und muskulös, das ist Michel.

Ja ja ja ja.

Seit Anfang der Ferien ist sie schon mit zweien ausgegangen – zwei Flirts, würde ihre Mutter sagen (zu Hause hören sie, wenn der Vater nicht da ist, Michel Delpech, *Für einen Flirt mit dir wär ich zu allem bereit*, aber dort, beim Camping am Rande der Dünen, sind es eher die Doors, The Who, Jefferson Airplane). Sie muss sie wieder loswerden, beide. Eines Abends tut sie so, als hätte sie getrunken, damit sie sich alles erlauben kann – alles, was sie will: Man könnte sich danach einfach nicht mehr daran erinnern.

Es ist Michel, der am nächsten Tag alles vergessen hat. »Ich habe zu viel getrunken«, entschuldigt er sich.

Sie muss seinem Gedächtnis auf die Sprünge helfen: »Weißt du nicht mehr, dass wir uns gestern geküsst haben? Mehrmals.«

Doch doch doch doch.

Sie will wieder damit anfangen, weitermachen. Sie ist verliebt. Alle ihre Freundinnen finden ihn hässlich. Er hat Haare in schreiendem Rostrot, Orange, dazu eine milchigweiße Haut, die nicht braun wird, sondern sich schält. Als er klein war, wurde er Möhrenhaar gerufen, Feuermelder, Sparkasse. Und das ging so weiter. Seine Freunde singen im Vorbeigehen: »Gott bewahre die roten Haare, die reiß ich alle aus und mache Pinsel draus …«, und fragen sie, ob er ein echter Rotschopf sei. Sie wird rot.

Seine Lippen sind schön, seine Haut ist zart, seine Hände auch. Sie mag es, dass er wenig spricht, dass er schallend lacht, dass er das Abi mit der Note »sehr gut« bestanden hat. Sie mag sein Rot, seine Sommersprossen, mag es, wie er den Blicken widersteht – Was würde sie mit einem Jungen anfangen, der nicht gelitten hat? Er ist wie keiner sonst, er unterscheidet sich von den anderen, er ist anders, er ist der andere, in dem man sich erkennen kann – und ist das etwa nichts, ein anderer zu sein?

Sie liebt ihn wie keinen sonst.

Ob er ein echter Rotschopf ist, weiß sie noch nicht. Ihr Vater hat ihr diese Ferien am Meer unter Aufsicht einer befreundeten Familie erlaubt, aber er hat seine Bedingungen gestellt: Keine Jungs im Zelt, nur in der Gruppe ausgehen. »Denn«, sagt er bei seinen letzten Instruktionen –

und sie findet den Ausdruck trivial für eine so ernsthafte Angelegenheit –, »denn«, sagt er feierlich, »machst du eine Marone heiß, so platzt sie.«

Drei Monate später gesteht er, dass er gelogen hatte: Er hat nie wirklich ein Mädchen gekannt vor ihr, er hat angegeben, eigentlich ist er wie sie, er hat noch nie – kurz, er ist noch Jungfrau.

Er ist Jungfrau. Das ist schlimmer, als rothaarig zu sein. Aber es währt nicht so lange.

Am Tag, als sie zum ersten Mal miteinander schlafen, schreibt sie alles in ihr Tagebuch. Allerdings hat sie, da sie den Verdacht hegt, dass man es in ihrer Abwesenheit liest, die Idee, ihre Erzählung für einen der Romanausschnitte auszugeben, die sie oft abschreibt, neben Briefen, die sie erhalten hat, Gedichten, die sie mag. Sie schreibt zwischen Anführungszeichen in der dritten Person, und so wie sie sonst Paul Éluard oder Guillaume Apollinaire darunter schreibt, schließt sie mit einem erfundenen Namen, einem Pseudoeponym, dem Namen eines fiktiven Autors, von dem sie noch nicht weiß, dass es ihn gibt und dass sie ihn später mit Begeisterung lesen wird; sie überlegt einen Moment, dann unterschreibt sie: Claude Simon.

Die erste Liebe wird so für immer vom Netz der Worte erfasst, vom engen Gewebe der Sätze. Untersagter Akt, gesagte Sache. Sie ist fünfzehn. Endlich begnügt sie sich nicht mehr damit, ihr Leben zu leben, sie erschafft es, sie formuliert es, sie erfindet es. Zum ersten Mal liebt und schreibt sie. In ihren Händen ein Mann und ein Buch: Es ist das erste Mal.

DER LEHRER

Er ist groß und nicht sehr harmonisch gebaut, er hat
einen langen Oberkörper auf kurzen Beinen und ein Gesicht von äußerster Sinnlichkeit – seine vollen Lippen,
Augen, als wollten sie aus dem Gesicht treten, seine dichten schwarzen Haare eines irren Musikers, all das ist
schwierig anzusehen, mit dem Blick zu ertragen. Das
ganze Gesicht wirkt, als hätte ihm die Natur Gewalt angetan, und wenn er an gewissen Vormittagen ohne Krawatte kommt oder im Sommer ohne Jackett, kann man
auf dem ganzen Oberkörper unter seinem Hemd einen
dichten dunklen Pelz sehen.

Sie ist siebzehn, sie ist immer noch mit Michel zusammen, der sich auf das Polytechnikum vorbereitet. In der
Abiklasse Literatur verbringt sie jede Woche Stunden damit, ihren Lehrer zu betrachten – sie hört ihm zu, aber in
erster Linie betrachtet sie ihn, und das mit Leidenschaft.
Sie bemerkt alles, gibt sich unaufhörlichen Interpretatio-
nen hin, einer wahren Semiologie des Körpers. Warum
hat der Lehrer diese mächtigen Hände eines Bauern, diese Baumstammarme – nichts von einem Intellektuellen,
absolut nichts Sensibles, wenn er schweigt? Und diese

Kratzer auf der etwas schweren Wange, stammen sie von einer Katze, von einer Rasierklinge oder von einer rasenden Geliebten? Er trägt keinen Ehering, er kommt jeden Montag mit dem Zug aus Paris. Und dieses affenähnliche, belebte, gequälte Gesicht, das er jeden Tag vor der einzigen reinen Mädchenklasse des Gymnasiums zur Schau stellt, muss man darin Lust lesen – eine irrsinnige Lust, die stärker ist als er, unkontrollierbar – oder nur den gequälten Ausdruck einer in ständiger Bewegung begriffenen Intelligenz? Das fragt sie sich. Manchmal, wenn sie gerade aus Michels Armen kommt, dessen weiße, fast haarlose Haut gestreichelt hat, sieht sie in ihrem Lehrer eine Art grobe Karikatur der Männlichkeit. Und dann spricht er, der Unterricht beginnt, meisterhaft. Sie betrachtet die robusten Hände, die nach dem Gedanken suchen, den stämmigen Körper, der sich ganz den Ideen widmet, sie hört, wie die ernste Stimme die Schwingungen des Geistes moduliert, und die Schönheit kommt zum Vorschein, überraschend, absolut, überwältigend. Sie sieht sie, sie begehrt sie, es ist eine Schönheit, die schmerzt, eine Macht, die einen erschlägt. Sie zwingt sich, den Blick auf ihr Heft zu senken, nicht mehr hinzusehen, sie ist wie versteinert, vom Strahl eines Außerirdischen getroffen. Der Lehrer ist keine Karikatur mehr, sondern die vollkommene Quintessenz des männlichen Geschlechts. Sie schaut ihn wieder an, und wenn er die Hand auf die Stirn legt und schweigt, sagt sie sich, als wäre es das erste Mal, als hätte sie so etwas noch nie gesehen, als wäre es eine Entdeckung, dann sagt sie sich: Das ist ein Mann.

Kurz vor den Pfingstferien schreibt er sie für den Leistungswettbewerb der Besten ein; er unterhält sich lange mit ihr in der Bibliothek, wo sie nach dem Unterricht arbeitet. Er bietet ihr am Automaten einen Kaffee an, eine

Schokolade, er leiht ihr Bücher. Eines Tages lädt er sie zum Mittagessen ein. Sie nimmt an, sagt aber, sie müsse erst ihre Großmutter benachrichtigen gehen, bei der sie gewöhnlich unter der Woche isst, und ihre Sachen für den Nachmittagsunterricht holen. Als sie außer Atem wiederkommt, sitzt er auf der Bank im Restaurant, hebt die Augen von der Speisekarte, sein ganzes Gesicht verzieht sich zu einem freudigen Strahlen. »Sind Sie gerannt?«, fragt er – als würde er mit derselben Anerkennung fragen: »Sie lieben mich also?« Dann bestellt er und isst für vier.

Ein anderes Mal begegnet sie ihm in einer Buchhandlung. Er blättert in einem Werk über Botticelli und sagt zu ihr, sie sei der Frühling. Er kauft das Buch und für sie Gedichte von Saint-John Perse. Sie sprechen über eine Affäre, die ein nahes Gymnasium erschüttert – ein Kollege und eine Schülerin wurden von der Schule verwiesen. Er vertritt ziemlich strenge Ansichten darüber, führt wiederholt die Deontologie an, sie weiß nicht, was es ist – am selben Abend schaut sie in einem Lexikon nach –, und pflichtet ihm bei. Sie ist enttäuscht (letztes Jahr hat sie von den schönen Augen eines Geschichtslehrers geträumt, bis zu dem Augenblick, als sie ihn am Tag vor den Ferien mit großer Mühe einen hypermodernen Campingwagen hat einparken sehen. Hier ist es ein bisschen dasselbe: Die Eisblumen am Zweig schmelzen dahin).

»Und auf dem Strand meines Leibes hat sich der Mann, der Meer-Geborene, ausgestreckt. Er erfrische sein Antlitz an der Quelle unter dem Sand; und er erheitere sich auf meinem Boden, gleich dem Gott, der bemalt ist mit männlichem Farn … Dürstet dich, mein Geliebter? Ich bin ein Weib, das deinen Lippen neuer als der Durst ist. Und mein Gesicht zwischen deinen Händen wie in den frischen Händen des Schiffbruchs, ah! Es sei dir in heißer

Nacht Frische der Mandel und Geschmack der Frühe,
und erste Kenntnis der Frucht auf fremder Küste.«

Sie liest in ihrem Zimmer, mit lauter Stimme. Alles,
von dem er spricht, auch nur andeutungsweise, liest sie.
Was er denkt, was er liebt, was er ist, sie will es wissen.
Wie sich in einem Mann Hässlichkeit und Verführung
vereinen, Gefräßigkeit und Eloquenz (der Campingwagen und jene Augen), wie ist so was möglich, sie will es
verstehen. Oft hört sich ihre Großmutter, wenn sie nach
Hause kommt, auf einem alten Plattenspieler ihre Lieb-
lingslieder an: *Vergnügen der Liebe, Verlorenes Paradies* oder,
seit neuem, diesen Refrain, den sie beim Tischdecken
trällert: »Wie gut man es hat in den Armen von einem des
andern Geschlechts Wie gut man es in diesen Armen hat
Wie gut man es hat in den Armen von einem der anderen Art Wie gut man es in diesen Armen hat.« Sie singt
mit ihrer Großmutter, macht mit ihr eine Walzerdrehung
und denkt an den Lehrer. Er ist nicht von ihrer Art, das
kann man sagen. Aber genau das interessiert sie ja: das andere, der Mann, einer vom anderen Geschlecht, die fremde Küste. Nicht von ihrer Art, nein. Einer der anderen
Art.

Mit ihm allein

Ich weiß nicht, ob Sie Saint-John Perse kennen? *See-Marken* ganz besonders, die Sammlung, die *See-Marken* heißt? Es ist ein Dialog zwischen zwei Liebenden, ein nacktes Paar in einem Zimmer am Meer – ich weiß nicht, ob Sie Lyrik mögen (Sie lieben jedenfalls das Meer, in Ihrem Wartezimmer hängen lauter Meeresansichten). Das Außerordentliche daran ist, wie geradezu verblüffend nachdrücklich der Unterschied der Geschlechter betont ist: die momenthafte und fast unerträgliche physische Verbindung zweier Körper, die alles trennt, außer der Lust: Lust, einzudringen, in das, was sich öffnet, Lust, sich zu öffnen und sich offen zu sehen – die Lust, gemeinsam dem Tod entgegenzutreten. Das ist alles. Und was sonst? Das Meer und die Küste, die Kraft und die Milde, die Macht und der Gehorsam, der Jäger und das sanfte Tier, der Blitz und die rosa Frucht der Granate, die Stille und der Schrei, die Seele des Seefahrers und das Herz des Landbewohners, der Lotse und das Schiff, der Reisende und das Haus, der Meister und die Dienerin, der Flügel und das Bett. Der Mann und die Frau: Das ist die Nacht und der Tag.

Sie kommen also nur da zusammen, im Liebesakt, in dem, was man Liebe nennt, an diesem gemeinsamen Strich zwischen Erde und Wasser, dieser zarten Horizontlinie zwischen Meer und Himmel, da treffen sie sich, Tänzer, Seilakrobaten, sind ganz nah, einander näher gekommen durch die einzige Annäherung, die einen Sinn hat, die sexuelle Verbindung, es gibt sonst keine Verbindung. Jeder ist allein. Die Fragen sind vergeblich, und vergeblich die Rufe. »Wo bist du? Spricht der Traum. Und du, du weilst in der Ferne ... Und ich, was weiß ich noch von den Straßen bis zu dir hin? O liebendes Antlitz, fern der Schwelle ... Wo streitest du so fern, dass ich nicht dort bin? Um welcher Sache willen, die nicht die meine ist.

Wo bist du, spricht der Traum. Und du, du hast nicht Antwort.«

Warum sind Sie so weit weg, die ganze Zeit? Warum immer woanders hingetragen, zu welchem Anderswo? Warum? Hat diese Reise überhaupt einen Sinn, ein Ziel? Sind Sie wirklich der Meer-Geborene und möchten immer weitersegeln? Sind Sie wirklich dieser Nomade mit der klaren Stirn, »umgetrieben von fernen und wichtigen Dingen«? Was für Dinge, warum, woran denken Sie? Ist Ihre Welt weiter als die Stille, aus der ich rufe? Sind Sie stark, sind Sie edel, sind Sie stolz? Worauf, warum? Was ist Ihr Wesen, und worauf zielt meine Liebe? Auf den Körper des Athleten, auf die Unterwerfung unter den Herrn oder auf die Eifersucht Gottes? Sind Sie mächtig, sind Sie schwach? Existieren Sie ohne mich, ohne meine Liebe, wirklich? Und wenn das Meer Sie mit sich nimmt, wohin gehen Sie, wo ich nicht bin, an welchen Ort, den ich nicht kenne? Ist es eine Reise oder eine List, ein vorgetäuschter Abschied? Fahren Sie wirklich? Und wenn das Meer Sie fortträgt, bringt dann der Tod Sie wieder? Kommen Sie zurück? Werden Sie zurückkommen? Von wo? Von wo kommen Sie, wenn Sie kommen, wenn Sie sagen »Ich komme«? Ist es so lang, ist es so weit? »Ein Schritt entfernt sich in mir«, ist es der Ihre? Wohin gehen Sie? Wo sind Sie? Wer sind Sie?

Und du, du hast nicht Antwort.

DIE ERSTE LIEBE

Sie bleibt lange mit ihrer ersten Liebe zusammen. Sie gehen jeden Samstag ins Kino, danach begleiten sie einander endlos nach Hause von einem zum anderen, während sie ihr Moped schieben. Sonntags, wenn die Eltern ausgegangen sind, schlafen sie miteinander. Sie machen zusammen Urlaub, sobald Michel seinen Führerschein hat, durchqueren sie die Welt im R4, sie besuchen Venedig, Ljubljana, Amsterdam, London, sie rauchen Shit, sie gehen zu Jim Morrisons Beerdigung, sie küssen sich auf der Seufzerbrücke, sie demonstrieren für den Schwangerschaftsabbruch, sie hören das Konzert von Weather Report in Châteauvallon, sie spielen Darts in den Pubs von Inverness, sie bewegen sich durch Dublin auf den Spuren von Joyce, sie besuchen Freuds Haus in Wien, sie lieben sich.

Eines Abends – es ist der 31. Dezember, nicht irgendein Tag – wartet sie, er kommt nicht. Er ruft ziemlich spät an, um zu sagen, dass er nicht kommt, dass er für diese aufgezwungenen Festivitäten sowieso nicht viel übrig hat, dass er außerdem eine wirklich verzwickte Matheaufgabe hat, die er noch zu Ende machen wird, bevor er sich schlafen legt.

Auf dem Fest, wo sie alleine hingeht, gibt es Jungen, die ihr gefallen; aber keiner spricht mit ihr, keiner lädt sie zum Tanzen ein: Sie ist mit Michel zusammen.

Zu Hause schreibt sie in ihr Tagebuch:

Aber weine weine und weinen wir
Noch ist Vollmond oder
Nimmt die Mondsichel zu
Ach! Weine weine und weinen wir
Die in der Sonne so viel gelacht
Goldarme tragen das Leben
Schaut durchs vergoldete Geheimnis
Eine schnelle Flamme ist alles
Geschmückt mit der himmlischen Rose
Aus der gar köstlicher Duft steigt.

Zwei Wochen später schließt sie sich in ihr Zimmer ein, legt Leonard Cohen auf und schluckt sämtliche Tabletten, die sie im Medizinschrank findet. Sie setzt sich an ihren Tisch vor ein weißes Blatt, aber nichts kommt, kein Wort, um es auszudrücken – dass sie Goldarme braucht, um das Leben zu tragen. Sie hört Cohens Stimme zu, *I need you, I don't need you*, sie kann nicht mehr, nicht leben und nicht sterben.

Sie fährt mit dem Solex zu Michel, er ist da, seine Mutter ruft ihn, er kommt herunter (vielleicht ist jemand bei ihm auf dem Zimmer?). Da sagt sie es ihm: Sie hat Schlaftabletten genommen, hatte gehofft, auf dem Weg einen Unfall zu haben, sie wünschte es sich. Er wird totenbleich, weiß wie das Blatt, auf das sie nichts geschrieben hat, er nimmt die Wagenschlüssel und ruft seiner Mutter zu: »Ich bringe sie zurück.« Sie steht weinend neben ihm, während er das Solex in den Kofferraum des R4 packt. »Ich bringe sie zurück«, sie hat nicht mal mehr einen Namen, sie schluchzt, klammert sich an ihn, was ist denn los, Michel? Was ist passiert? Was hab ich dir getan? Michel, liebst du mich? Er bringt sie nach Hause, aber nichts, lass mich, überhaupt nichts. Er erzählt die Geschichte ihrer Mutter, die André anruft, der herbeigeeilt kommt – aber es sieht nicht sehr schlimm aus, es ist nichts, überhaupt nichts.

Abends ruft Michel an und fragt höflich nach ihrem Befinden. »Es geht«, sagt sie (der Vater sitzt im Wohnzimmer und liest Zeitung: Wenn man nichts zu sagen hat, dann schweigt man). »Nach all dem, was du mir angetan hast«, fügt Michel hinzu – Ende des Jahres hat er Prüfungen –, »ist es besser, wir hören ganz auf, sehen uns nicht mehr.«

Sie antwortet nicht – *Sieben Schwerter der Melancholie Scharf geschliffen o klare Schmerzen Durchstechen mein Herz …* Er legt auf.

Was du mir angetan hast.

Sie weint bei Tisch, sie weint wochenlang. »So sind sie nun mal, die Jungs«, sagt der Vater, der die Marone nicht platzen gehört hatte, »in diesem Alter haben sie nur das eine im Kopf; aber mach dir nichts draus, am Ende heiraten sie Mädchen wie dich.«

Mädchen wie dich.

Drei Monate später verstellt sie ihre Schrift und schreibt Michel einen kurzen Brief, unter den sie eine unleserliche Unterschrift setzt: Er kommt von einem sehr verliebten, aber verzweifelten Jungen, denn, schreibt er pathe-

tisch, »sie liebt nur dich, sie will nur dich«. »Und«, fährt er
fort, »wie kannst du diese Liebe unerwidert lassen, sie, die
so schön ist, so wunderbar, Mädchen wie sie gibt es nicht
viele, ich kann dich nicht verstehen, wirklich nicht, ich
würde viel darum geben, an deinem Platz zu sein, damit
sie mich lieben würde, wie sie dich liebt.«

Mädchen wie sie.

Michel bekommt den Brief am Tag vor einem Rockkon-
zert, von dem sie weiß, dass er hingehen wird; sie selbst ist
mit drei Jungen da – sie gibt eine gute Figur ab. Irgendwann kommt Michel auf sie zu – sie haben sich seit *was
du mir angetan hast* nicht mehr gesprochen, sie hat ihn nur
zwei oder drei Mal gesehen mit einem Mädchen in seinem Auto – und sagt zu ihr, dass er sie nicht vergessen
könne, dass er sie liebe, dass er jetzt sicher sei. Sie fragt ihn
nicht, was ihm die Augen geöffnet hat, sie lächelt ihn an.

Männer wie sie.

Am Abend schreibt sie in ihr Tagebuch: »Betrügen, spielen, verraten: die Geheimnisse der Liebe«.
 Aber sie entdeckt noch ein anderes Geheimnis: das der
Sprache. Einzig die Wahrheit lässt sich schreiben. Auf dem
Plattenteller singt Léo Ferré: »Waffen und Wörter, das ist
dasselbe, beides tötet auf dieselbe Weise.« Aber es führt
auch ins Leben zurück, dieses Wort, das den anderen aus
der Ferne trifft, wo immer er sich befindet, so wie sich
eine Hand auf eine Schulter legt.

DER LEHRER

Sie sitzen auf dem Sofa, der Lehrer und sie: Sie hat ihn
getroffen, als sie mit ihrer Schwester im Kino war, und
ihm vorgeschlagen, bei ihr zu Hause gleich um die Ecke
einen Orangensaft zu trinken – alle Cafés waren geschlossen.

Der Lehrer schaut sich alles mit gierigem, hemmungs-
losem Blick an: die Möbel am rechten Platz, die Gemälde mit einheimischen Landschaften, die paar gebundenen
Bücher im Glaschrank und ganz hinten durch die offene
Tür das Schlafzimmer der Eltern, wo das nüchterne Dop-
pelbett aus schwarzer Eiche thront, das den ganzen Raum
einnimmt, umgeben von zwei Nachttischchen mit ihren
passenden Lampen, ein ironisches Bild des Paares. – Da
haben wir ein schrecklich protestantisches Interieur, sagt
der Lehrer, der Barthes liebt und die Semiologie des All-
tags. Hätte ich nicht gewusst, dass Sie Protestantin sind,
hätte ich es anhand dieser Einrichtung herausgefunden ...
ein wenig kalt, nüchtern.

– Oh! Finden Sie (*und ich, seh ich protestantisch aus*)?

In diesem Augenblick kommen ihre Mutter und André
aus dem Restaurant zurück, begrüßen den Lehrer, »Mon-

sieur«, »Madame«, und verschwinden im Zimmer, mit leicht angeheitertem Lachen.

– Wir stören Ihre Eltern, sagt der Lehrer, die Augen auf das Schlüsselloch geheftet, das dunkel bleibt.

– Oh, das ist nicht mein Vater, antwortet sie.

Er wirft ihr einen scharfen Blick zu, in dem sich eine unverblümte, heftige, vulgäre Lust zeigt, dann, als sie ihm höflich einen Teller mit Pistazien hinhält, nimmt er eine Handvoll und bedankt sich. Aber sein Blick kehrt unaufhörlich zur geschlossenen Tür zurück, leicht verträumt, wie auf eine mögliche Zukunft gerichtet.

Protestantisch, ja. Nicht katholisch.

DER VATER

Der Vater ist nicht für alle der Vater. Für andere ist er der
Chef, ein Bekannter, ein Freund, der Liebhaber. Für die
Mutter ist er der Ehemann. Aber er ist immer derselbe
Mann, es handelt sich immer um ihn.

»Stell dir vor, drei Tage nach unserer Heirat, in Venedig
auf der Hochzeitsreise, wollte ich zum Friseur gehen,
um mich schön zu machen, um ihm zu gefallen. Da hat
der Hotelfriseur mir vorgeschlagen, mich zu verändern,
einen neuen, moderneren Schnitt auszuprobieren – ich
trug die Haare lang, das stand mir nicht so gut –, verstehst du, ich war neunzehn, ich sagte also gut. Und als
ich zurückkam … Als ich zurückkam! Dein Vater, der
noch nicht dein Vater war, hat mir eine Szene gemacht,
und was für eine Szene! Er wurde fuchsteufelswild,
aschfahl im Gesicht, warf mir vor, ich hätte ihn nicht
gefragt, wäre unfolgsam gewesen – er habe mir aus-
drücklich gesagt, ich solle die Haare lang behalten –,
kurz, er sprach zwei Wochen lang nicht mehr mit mir.
Verstehst du, was das heißt: zwei Wochen, auf der
Hochzeitsreise! Ich habe geweint, mein Gott, hab ich

geweint! Ich war neunzehn, verstehst du, ich war gerade von meinem Vater und meiner Mutter weggegangen.

Und dann, als ich meine Lymphgefäßentzündung hatte – kurz nach der Geburt deiner Schwester, da hatte ich Schmerzen, und was für Schmerzen! Na, und dann er, drehte sich am Abend zur Wand und sagte: ›Gut, lass mich bitte in Ruhe schlafen.‹ Er war hart, wenn ich daran denke, wirklich hart, egoistisch. Ich hätte in diesem Augenblick gehen sollen, ihn verlassen, jawohl.

Und was mich wirklich wütend macht, verstehst du, mein Schatz, er hat mir nie einen Pfennig gegeben, mir nie ein Geschenk gemacht oder so. Und euch Mädchen auch nicht, obwohl … Gut, am Anfang hatte er keinen roten Heller, das darf man nicht vergessen, mein Vater hat alles bezahlt: die Praxis, die Apparate, den Wagen, die Wohnung, er nichts. – Sein Vater war Schlosser, also kannst du es dir ja vorstellen; er war kein Ludwig XVI., hm, ein armer kleiner Schlosser. Das Mindeste wäre gewesen, dass er sich ein kleines bisschen dankbar gezeigt hätte, das viele Geld benutzt hätte, um uns glücklich zu machen, ja, glücklich. Aber du glaubst doch nicht …! Wenn ich da an meinen Vater denke, wie der sich zu Tode geschunden hat, um seine Fabrik am Laufen zu halten, und nur, um seiner geliebten Tochter eine Aussteuer mitgeben zu können, dann bricht mir das Herz.

Verstehst du, mit André war es auf Anhieb gut: so eine Sanftheit, so eine Zärtlichkeit. Aber dein Vater: Ich erledige mein kleines Geschäft und gute Nacht. Ich war jung, mein Vater hat mich immer geliebt, verwöhnt, ich brauchte Zärtlichkeit und bekam keine, dein Vater hat mir im Grunde nie etwas gegeben, siehst du, wenn ich darüber nachdenke, nach zwanzig Jahren Ehe, es ist furchtbar, aber ich habe im Grunde keine einzige schöne Erinnerung. Nichts. Außer euch natürlich, meine Töchter; so ist das: das Einzige, was mir mit ihm gelungen ist.

Also: Treue, schön und gut. Aber wozu?«

Der Vater und die Mutter sprechen nie direkt miteinander. Ihre Schwester und sie gewährleisten die Vermittlung, den wechselseitigen Austausch. Nach zwanzig Jahren verlangt die Mutter am Ende einer Mahlzeit die Scheidung (sie hat beschlossen, André zu heiraten und umgekehrt). Dieser Wunsch kommt unerwartet, denn sie verlangt schon lange nichts mehr: Der Vater hat ihr zwei Mädchen gemacht, Punkt. Aus. Aber da, an jenem Tag, sieht er sich genötigt, und obwohl die Ahnen in seiner Seele protestieren (bei den Protestanten lässt man sich nicht scheiden), willigt er ein.

MIT IHM ALLEIN

Was ich weiß, was ich sagen kann? Erfahrung? Beob-
achtung? Gedächtnis? Intuition? Was mir das Leben beigebracht hat? Die Bücher? Öffentliche und private Gerüchte?

Dass ein Mann viel lauter Radio hört als wir. Dass er die
Türen zuknallt. Dass er die Schränke nicht schließt. Dass
er nicht weiß, wohin die Töpfe gehören, die Teller, die
Austerngabeln. Dass er die wichtigen Daten vergisst. Dass
er bei sich nicht viele Fehler findet. Dass er, kaum ist er
auf der Welt, sterbenskrank ist und zu leben vergisst. Dass
ihn die Dunkelheit verwirrt. Dass er gut in die Weite
sieht, aber die Butter im Kühlschrank nicht findet. Dass
er ein treuer Freund ist. Dass er mit breiten Beinen da-
sitzt. Dass er im Durchschnitt siebentausend Zeichen am
Tag benutzt (die Frau zwanzigtausend). Dass er die Liebe
vom Sex trennt. Dass er die Zahnpastatuben nie schließt.
Dass er Regenschirme hasst, auch wenn es regnet. Dass er
nach Tugend strebt, aber Schwierigkeiten hat mit der
Wahrheit. Dass er für das mathematische Denken begab-
ter ist. Dass er den besseren Orientierungssinn hat. Dass er

Mühe hat, zu weinen. Dass er sich auf dem Nein aufbaut. Dass seine Sensibilität der bestgehütete Teil des Mannes ist. Dass er zerbrechlich ist. Dass er seine Gefühle nicht gern zeigt. Dass er nicht frei ist, nicht zu tun, was ihm mehr als alles andere gefällt. Dass er Angst hat, keinen hochzukriegen. Dass er seinen weiblichen Anteil inzwischen besser akzeptiert. Dass er beim Einkaufen die Hälfte vergisst (er hat die Liste nicht mitgenommen). Dass er die Zeitung am Boden liegen lässt, wenn er sie ausgelesen hat. Dass er sich fragt: »Werde ich ihr gefallen? Wird sie mich lieben?« Dass er seine Kleidung kauft, ohne sie anzuprobieren. Dass er Kosmetikprodukten nicht mehr gleichgültig gegenübersteht. Dass er lieber den Staubsauger benutzt als ein Staubtuch. Dass er das Baby lieber spazieren führt, als ihm die Windel zu wechseln. Dass er nicht vergisst, seine Mutter anzurufen. Dass alle Sklaven sind. Dass wenige es verdienen, dass man sich mit ihnen auseinandersetzt. Dass die Welt sie hart macht. Dass sie nicht lange in Gesellschaft leben könnten, wenn sie sich nicht gegenseitig etwas vormachen würden. Dass sie dabei sind, sich zu verändern. Dass sie besser Maßnahmen ergreifen als befolgen können. Dass sie gerne die Erinnerung an Wohltaten und an Beleidigungen vergessen. Dass sie halterlose Strümpfe mögen. Dass sie Dunkelhaarige bevorzugen. Dass sie ihre Pflichten gerne vernachlässigen. Dass ihre Selbstmordversuche selten scheitern. Dass sie sich nach Ruhe sehnen. Dass die Männer so sind. Dass sie ihre Härte zeigen, ihre Undankbarkeit, ihre Ungerechtigkeit, ihren Stolz, ihre Selbstliebe und die anderen vergessen. Dass sie so geschaffen sind – das ist ihre Natur.

DER ABTREIBUNGSARZT

Sie ist um sechs aufgestanden, um nicht gestört oder
überrascht zu werden. Alle dreißig Sekunden schaut sie
auf das Röhrchen – nichts –, bis er auf einmal da ist, dieser braune Kreis, wie es auf dem Beizettel angegeben ist:
Sie ist schwanger.
Sie denkt an Selbstmord, hat aber keine Lust zu
sterben. Und da sie Michel versprochen hat, ihn anzurufen, sobald sie es weiß, wartet sie bange, dass es acht
wird.
»Ich komme«, sagt er. »Die große Morgenliebe«, bemerkt ihre Großmutter, bei der sie in diesem Spätsommer
wohnt, seit der Trennung ihrer Eltern.
»Ich komme«, wie der Hausarzt sagt, den man im Notfall ruft, wie die Mutter zu ihrem Kind sagt, das nach ihr
verlangt, »ich komme«, wie die Männer sagen, wenn sie
einen Orgasmus haben, »ich komme«.

Sie lassen die Stadt hinter sich, halten am Rand eines
einsamen Waldes, wo sie noch nie waren. Michel ist
nicht der Vater, und er weiß es: Seit Monaten haben sie
nicht mehr miteinander geschlafen, und in diesen letz-

98

ten Ferien haben sie wie Kinder nebeneinander gelegen, aneinander geschmiegt im großen gelben Bett im Haus im Tarn. Sie ist nur zwei Tage weg gewesen, Ende Juli, ihn zur Vernunft bringen, hat sie gesagt, den abgewiesenen Liebhaber, der gedroht hatte, sich umzubringen, wenn sie nicht käme, wenigstens für eine Stunde – »aber nein, ich schlafe nicht mit ihm, aber nein, ich tu's nicht, außerdem, schau, ich nehme nicht einmal mein Diaphragma mit, ich lasse es hier auf der Ablage, damit du sicher sein kannst ...«

Sie ist in den Zug gestiegen, mit einer brennenden Lust auf den anderen, der sie jeden Abend am Telefon angefleht hat, zu kommen, sitzt im Zug, den Bauch zugeschnürt von dieser Lust, die sie belästigt wie eine Stimme – ihn nehmen, umlegen, Schluss machen mit diesem Versteckspiel, der Sache ein Ende bereiten. Als sie am Bahnhof eintrifft, ist es schon fast dunkel, die Hitze noch immer groß und drückend. Er wartet, sie sagt zu ihm: »Dort, in deinem Auto, komm«, sie schlafen miteinander ohne Liebe, sie ficken, die Nacht duftet wie ein Körper, vom Sterben ist nie die Rede gewesen.

– Sie benutzen also keinerlei Verhütungsmittel, fragt der Arzt.

– Das heißt, ich hatte ein Diaphragma, aber ich weiß nicht, es hat nicht funktioniert.

Sie lügt, sie fühlt, dass es so besser ist – es gibt Männer, die lügt man besser an.

– Ein Diaphragma, das ist Ketzerei für ein junges Mädchen wie Sie; ich weiß nicht, wer Ihnen das verschrieben hat, aber ich empfehle das nur Frauen, die mehr ..., nun, das bedarf einer sorgfältigen Handhabung, und selbst dann bleibt die Fehlerquote beachtlich – der Beweis. Statistisch ...

(Statistisch gesehen entfaltet ein Diaphragma, das fünf-
hundert Kilometer vom Ort des Geschehens in einer
Schachtel liegt, nur eine reduzierte Wirksamkeit. Sie
senkt den Kopf.)

– Also, nehmen Sie es nicht zu schwer, ich werde Ihnen jetzt erklären, wie wir vorgehen.

Die Kanüle. Das Einatmen. Die Methode. Die Anäs-
thesie – nein, sie möchte nicht betäubt werden, sie will da
sein –, die Risiken.

Sie unterzeichnet ein Entlastungsformular, im Falle ihres vorzeitigen Ablebens. Sie ist volljährig seit Giscard,
und in der Legalität seit Simone Veil, seit ein paar Monaten. Sie hat Glück.

Er sagt ihr, dass sie Schmerzen haben werde, aber
die seien erträglich, die Beschwerden seien mit denen
einer Geburt vergleichbar – sie muss ihn ziemlich
dumm angesehen haben, denn er fügt fast verlegen hinzu: »Das sagt Ihnen natürlich nicht viel. Mir übrigens
auch nicht«, schließt er lächelnd. »Aber alles wird gut
gehen.«

Zu keinem Zeitpunkt hat sie wirklich Angst. Sie erlebt
ein mächtiges Paradoxon, das bewirkt, dass in den Mo-
menten der Angst, die dem Ereignis vorausgehen, ausgerechnet die Vorstellung vom Kind sie tröstet, so als würde
sie Tod und Leben zusammen in sich tragen, hilfreich,
freundschaftlich, liebend.

Am Empfang will sie die Konsultation bezahlen. »Haben
Sie das nicht direkt beim Arzt erledigt?«, wird sie gefragt.
Nein, sie dachte, dass … Die Arzthelferin klopft an die
Tür des Behandlungszimmers, erkundigt sich.

– Nein, sagt die Stimme, ich will nicht, dass sie …

Und dann, als würde er sich fangen:

– Nein, sagt er. Sie kann später bezahlen.

Sie dachte, sie würde sich ihr ganzes Leben an den Namen dieses Mannes erinnern. Sie hat ihn samt und sonders vergessen, Name, Vorname, Gesicht. Er muss längst im Ruhestand sein, vielleicht ist er tot. Sie erinnert sich nur noch an die Stimme, die Sanftheit seiner Stimme, die die Erfahrung eines ihr unbekannten Schmerzes auf später verschob, von dem er wusste, dass er kommen würde, dass er mit Sicherheit irgendwann kommen würde – später, ja, später.

Das Kind – ein Mädchen, ein Junge? –, das Kind wäre jetzt so alt wie sie damals.

DER LEHRER

An dem Tag, als sie ihr Abi besteht, schenkt er ihr Beethovens Sonaten, gespielt von Yves Nat. Sie trinken einen Tee gegenüber der Schule. Michel stößt zu ihnen, er kommt aus seiner letzten Unterrichtsstunde, morgen fahren sie nach Schottland. Der Lehrer streckt ihr die Hand entgegen, na dann, schöne Ferien, danke, Ihnen auch. Sie sieht ihm nach, wie er sich über den Boulevard Jean-Jaurès entfernt, es gibt viele welke Blätter für Juni.

Zwei Jahre später sieht sie ihn in einer Buchhandlung im Quartier latin wieder, ihr Herz klopft laut, als sie ihn erblickt, von hinten neben einem Regal über ein Lexikon gebeugt, sie erkennt seine untersetzte Gestalt, seine Haare, er ist es, sie ist sicher. Gerade, als sie gehen will, dreht er sich mit einem Mal um, als hätte sie ihn gerufen.

Er ist Assistent in Nanterre, sie wiederholt am Gymnasium Fénelon ihren Vorbereitungskurs für die Hochschule. Ihr Zimmer ist gleich in der Nähe, sie gehen zu ihr. Sie ist überrascht, dass er Präservative bei sich hat.

Spät in der Nacht fragt er, ob er das Telefon benutzen
könne. Sie geht ins Badezimmer, von wo aus sie hört, dass
er nicht nach Hause komme – bis morgen, sagt er, bis
morgen.

Sie versteht nicht. Eine diffuse Angst ergreift sie.

Es gibt keinen Grund. Der Lehrer wohnt bei seiner Mutter, das ist alles.

Er steht mitten beim Essen auf, muss einen Anruf ma-
chen. Er sagt ein Wochenende ab, macht ein Abendessen
rückgängig, verkürzt ein Treffen, verpasst einen Termin.
Er fragt sich, ob dieses Grün Ihr wirklich steht, ob dieses
Parfum mit dem Gardenienduft zu Ihr passt, ob Sie wohl
Lust hat, diesen Film zu sehen, dieses Stück, diese Oper,
ob es Ihr gefallen würde, nach Brügge zu gehen, nach
Wien, nach Bénodet.

Sie schläft schlecht, sie nimmt ab, sie weint.

Es gibt keinen Grund. Der Lehrer liebt seine Mutter, das
ist alles.

DER VATER

Es gibt nichts Besseres als was Gutes
    Abwarten und Tee trinken
    Ein paar Schläge haben noch keinem geschadet
    Das paßt mir nicht in den Kram
    Das kratzt mich nicht
    Ein Loch mit Haar ringsum
    Ficken bis die Eier schlottern
    Die Schmuckstücke der Familie
    Machst du eine Marone heiß, so platzt sie
    Mondkalb
    Bumsschädel
    Ausgefranstes Aloch
    Alles ist in allem und umgekehrt
    Ich bin gegen alles, was dafür ist, und für alles, was da-
gegen ist
    Das ist keinen Hasenfurz wert
    Ich geh jetzt in den Birkenwald,
    denn meine Pillen wirken bald
    So kacken die Kosaken
    Man hat's nicht leicht, aber leicht hat's einen
    Hirsch heiß ich

Nickende Fichten
Was kann ich mir dafür kaufen?
Schau schau, die Rede eines Großen, den man von
weitem sieht.
»Franzosen und Französinnen,
Ich setzt euch in die Scheiße bis zum Kinn
Und da ich persönlich etwas größer bin
Kommt es mir nur bis zum Knie
Nun steigt raus, schaut selber wie.«
Tochter eines Degenerierten!
Mein Vater, der Held mit dem sanften Lächeln
Dickerchen
Ist mir egal, sagt der Khomeini,
mein Ayatollah steht ja eh nie.
Die Ente bleibt draußen.
»Ich habe zur langen goldnen Frucht gesagt
Du bist doch nur eine Birne.«
»In einem tiefen Tal ward Jean ganz bange
Es biss ihn nämlich eine Schlange.
Und was denkt ihr, ist dann passiert?
Die Schlange ist daran krepiert.«
Die Freiheit des Einzelnen hört da auf, wo die der an-
deren beginnt
Der Arsch ist bei allen hinten
Was man richtig erfasst, drückt sich klar aus,
Und die Wörter kommen von selbst.
»Einem stinkreichen Furchenscheißer ging's ans Ster-
ben, da ließ er seine Brut kommen und sülzte ihnen
vor …«
Bei Tisch liest man nicht
Was erzählt sie da, die alte Schachtel?
Da warst du noch im Säckchen deines Vaters.
Schau mich an, wenn ich mit dir rede.
Wenn man nichts zu sagen hat, dann schweigt man.

Man soll seine Eltern nicht richten.
Das ist meine Meinung, und ich teile sie.
Kein Kommentar.
Punkt. Aus.

MIT IHM ALLEIN

Gestern habe ich ein Experiment gemacht, ich ließ
mich von einem Schultest über das Auswendiglernen
inspirieren: Ich schrieb alle Sätze auf ein Blatt Papier,
die ich von meinen Angehörigen behalten habe, alles,
was sie oft oder pathetisch genug gesagt haben, dass ich
mich daran erinnere. Verstehen Sie? Ich habe bei meinem Vater angefangen, es kam wie von selbst, fast ohne
zu überlegen, in zehn Minuten hatte ich zwei Seiten
voll: Ausdrücke von ihm, Zitate, Witze, die er in meiner
Kindheit oft machte.

Und dann habe ich es durchgelesen. Ich glaube, ich
hatte gehofft, hinter eine Art Geheimnis zu kommen,
eine magische Formel zu finden, die den ganzen Vater
enthält, seine Essenz. Aber welch grausames Experiment!
Worauf reduziert sich unser Wesen auf einmal! Würden
Sie es lesen, so würden Sie verstehen.

Danach brachte ich es nicht fertig, diesem sprechenden
Porträt noch irgendetwas hinzuzufügen – sprechend, ja,
dermaßen, dass ich verstummte, von einem Schrecken erfasst wie vor einem Abgrund. Zwei Seiten schienen mir
viel für einen Mann, der immer schweigt, ich dachte, sie

würden dem Mysterium Fleisch und Blut geben, ich könnte in das Geheimnis eindringen. Und da ging mir mit einem Mal auf, und es gab mir einen Stich ins Herz, da vor meinem Sammelsurium, dass es gar kein Geheimnis gab, das ist es ja, nicht die Spur eines Geheimnisses. Der Vater ist nicht *dieser Held*, nein, Sie sind zufrieden, nehme ich an – »man muss den Vater umbringen« und den ganzen Schwindel, ich weiß. Aber ich werde nicht dabei bleiben, wie Sie sagen, ich werde weitermachen, Sie werden sehen.

Der Vater

Sie schreibt, weil er schweigt. Sie hat es einmal in einem Interview so gesagt: »Wir sind keine sehr redselige Familie.«

Und doch spricht er. Der Beweis: Sie erinnert sich daran. Es hat sie geprägt. Sie hat sich alles eingeprägt.

Sie liest sich noch einmal – das heißt, sie liest ihn noch einmal, sie liest, was er gesagt hat, sie liest, was sie geschrieben hat, das er gesagt hat.

Sie vergleicht es mit den Wendungen der Mutter, sie hat nur zwei davon behalten, sie kann grübeln, solange sie will, nur zwei. »Mein Schatz«, und »mein Liebes« (und dann ist da noch dieses rätselhafte Wort, das sie André gegenüber verwendet, mit dem sie sich an den Mann richtet, diese fremde Sprache der Liebe, dieses mysteriöse Idiom, das man mit Sicherheit später lernen würde, dieses Wort mit dem verborgenen Sinn, den man aber ahnt, auch wenn man erst sechs ist: »Darling«).

Von André ragt außer »meine Süße« nur eine Einzige wirklich heraus, tragisch, schulmeisterlich, wie einer dieser Sätze, die noch da sind, wenn man aus einem Albtraum erwacht, von dem man sonst alles vergessen hat: Er gibt ihn von sich, als sie und ihre Schwester im Nachthemd, durch Schreie alarmiert, wie die Leibhaftigen im Wohnzimmer aufkreuzen und ihn, André, vorfinden, wie er würdevoll in einem der Lehnsessel Ludwigs XVI. sitzt, während die Mutter die anderen über den Balkon befördert, ohne nachzusehen, ob unten jemand vorbeigeht – ein einziger Ausdruck also, besonnen ausgesprochen in diesem Durcheinander, dessen Ursache sie nicht kennt (eine Abtreibung vielleicht, aber sie dringt nicht weiter in dieses große Mysterium der Frauen, sie hat keine Zeit, da sind zu viele Männer), ein einziger kurzer, bündiger Satz, der, könnte man sagen, über die besonderen Umstände hinaus genau das zusammenfasst, was alle Männer über alle Frauen denken, und darum erinnert sie sich auch daran: »Eure Mutter ist verrückt.«

Beim Vater ist es anders, es gibt so viel, und es fällt ihr noch mehr ein – die Blusen des Böhmen, Blumentopferde, das ganze Leben träumt ich vom Fliegen, das ganze Leben wollt ich den Arsch in die Höhe kriegen.

Sie liest noch einmal, doch, da ist ein Geheimnis. Aber welches?

Dann versteht sie: Vaters Geheimnis, das ist seine Sprache – eine rohe Sprache, Medizinstudenten- und Soldatenwitze, Pennälerwortspiele über Sex und Frauen, kurz, eine Männersprache. So spricht der Vater in ihrer Kindheit mit ihr, damit sie lernt, damit sie sich damit vollsaugt. Er hat nur Mädchen bekommen, aber er spricht zu ihnen wie zu Jungs, von Mann zu Mann, mit diesem bisschen Kindlichkeit, diesem naiven Humor, der vielleicht auch die kleinen Gören verführen kann.

Sprechen die Männer so? Bestimmt, wenn es die Sprache des Vaters ist.

Die Männer sprechen nicht von Liebe – sagen nicht »mein Schatz« und nicht »mein Liebes«.

Die Männer kennen kein Mitleid, sie amüsieren sich: »Mach nur, weine ruhig, dann musst du weniger pinkeln.« Die Männer bereichern die Sprache nicht mit weibischen Metaphern, romantischen Figuren: Die lange goldne Frucht ist nur eine Birne, die Frau ein Loch mit Haar drum rum. Zum Teufel mit der gelehrten Poesie: Nenn die Fotze beim Namen, und die Worte kommen wie von selbst.

Es ist eine derbe Sprache, eine Sprache, die es in sich hat.

Sie lernt schnell, Camille. Ihre Schwester Claude auch. Weder Schreie noch Tränen. Man ist doch keine Memme. Du wirst ein Mann sein, mein Mädchen. Und außerdem, wenn man nichts zu sagen hat, dann schweigt man.

Sie liest sich wieder – sie liest, was sie geschrieben hat, ihre drei Romane. Der Vater hat ihr seine Sprache weitergegeben, unleugbar, seine männliche Stimme, sie spukt im Text herum und drückt ihm einen männlichen Stempel auf, er ist der Autor, der Schöpfer, so wie man sagt »der Schöpfer meiner Tage«. Der Vater ist kein Held? Aber er ist der Held der Geschichte: Wenn sie schreibt, führt er das Zepter, sie schreibt in seiner Sprache, in ihrer Vatersprache.

MIT IHM ALLEIN

Meine Muttersprache? Die möchten Sie hören, sind Sie sicher?

Sie werden sie hören. Ich verspreche Ihnen, dass Sie sie hören werden.

Aber wollen Sie das wirklich? Ist das Neugierde von Ihrer Seite? Haben Sie denn keine Angst, fürchten Sie nicht die schreiende Stimme? Haben Sie keine Angst vor der Liebe, der Liebe der Frauen?

DER LEHRER

Sie planen, zusammen in die Ferien zu fahren, der Lehrer und sie. Dieser aber wird wohl darauf verzichten müssen, wie er eines Abends erklärt, nachdem sie sich bereits ein Sommerkleid und einen Führer über die Kykladen gekauft hat, weil ich, bekräftigt er, im Gegensatz zu dir nicht die Mittel habe – die Miete für seine Vierzimmerwohnung im sechsten Arrondissement muss bezahlt werden, da ist seine Mutter, die Bücher, die er für seine Promotion braucht, kurz, wenn er nicht jemanden findet, der ihm Geld leiht, fährt sie ohne ihn.

Sie plündert ihr Sparbuch, auf das sich ihre Großmutter etwas zugute hält, bezahlt ihre Flugtickets und gibt ihm die Hälfte von dem, was übrig bleibt – wäre schön, wenn er es ihr in drei Monaten zurückgeben könnte, denn sie möchte, wenn die Uni wieder anfängt, ihr zehn Quadratmeter großes Zimmer unter den Dächern gegen ein etwas größeres Studio tauschen, wo sie sich etwas kochen kann und mit einem Klo dabei. Er sagt »natürlich«, will ein Fälligkeitsdatum vereinbaren.

Seine Mutter begleitet sie zum Flughafen. »Pass auf«, hat der Lehrer am Tag zuvor zu ihr gesagt, »bloß keinen Firlefanz – du darfst nur zwanzig Kilo Gepäck mitnehmen.« So kommt sie mit einer halb leeren Tasche in Orly an – in der Sonne lebt man sowieso halb nackt. Der Lehrer hat zwei riesige Koffer und um den Hals eine schwere Fotoausrüstung – zwei Behälter, fünfzehn Objektive, ein Stativ, sechs Filter. »Are you a top model?«, wird die Vermieterin mit ungläubigem Lachen fragen. Vor dem Einchecken stopft er einen großen Arzneibeutel in ihre Tasche und einen Erste-Hilfe-Koffer. – »Ich wette, du hast nicht mal Aspirin dabei«, sagt er nachsichtig und tauscht einen viel sagenden Blick mit seiner Mutter. »Ich weiß nicht, ob du das weißt, aber wenn du dort unten einen Virus erwischst und keine Antibiotika hast, bist du tot und begraben, bis der Hubschrauber auftaucht.« Seine Mutter fragt, ob sie daran gedacht hat, Reisenähzeug mitzunehmen, nein, sie hat nicht daran gedacht, na dann, ihr Pech, wünschen wir ihr nicht, dass sie Blasen bekommt an den Füßen, weil ohne Nadel ... Hat sie wenigstens gute Wanderschuhe? Es ist steinig da unten, der Lehrer hat sich ausgezeichnete gekauft, gute tausendfünfhundert Gramm, jeder.

Ihr Herz klopft, sie findet ihren Pass nicht mehr, ah doch, da ist er ja. Sie zahlt die 350 Francs fürs Übergewicht.

In Athen ist es sehr heiß. Der Lehrer will sie nicht zur Akropolis begleiten, er kennt das auswendig, er war als Student schon dreimal hier. Für sie ist es das erste Mal; sie irrt erst lange durch die Straßen, dann zwischen den Ruinen umher, blättert im Reiseführer. Im Museum erinnert sie ein Vasenfragment an eine wunderbare Unterrichtsstunde über Platon, die der Lehrer gehalten hat, als sie seine Schülerin war – eine glänzende Stunde über die Liebe.

Am nächsten Tag nehmen sie in Piräus das Schiff; auf dem Landungssteg redet er ihr aus, bei einem Straßenhändler ein Kupferarmband zu kaufen, das ihr gefällt. Sie schlafen auf dem Zwischendeck, aneinander gepresst in der eisigen Nacht (die Schlafkabinen waren zu teuer). In Santorin mieten sie wochenweise ein blauweißes, fast leeres Häuschen, durch das die Bandasseln kriechen. Der Lehrer schlägt vor, das Geld zusammenzulegen, das würde das Verrechnen der laufenden Ausgaben vereinfachen – sie steckt ihr gesamtes Geld in seinen Kunstoffbeutel, den er sich am Gürtel festmacht. Jeden Abend kehren sie vom Strand, wo sie sich von Brot und Tomaten ernähren, weil die Restaurants die Touristen so schändlich ausnützen und außerdem der Lehrer ein paar Kilo zu viel hat, zu Fuß ins Dorf zurück, bevor die Post schließt. Es ist ein winziges Büro hoch oben am Hang eines Berges, und sie wundert sich, dass die Telefonistin Tag für Tag in Paris, Frankreich, die Mutter des Lehrers erreichen kann, der es so lala geht.

In der Nacht, in gewissen Nächten, schlafen sie miteinander, sie schließt die Augen unter diesem breiten und starken Körper, hebt das Becken gegen seine Hüften, zieht sie an sich, »weiter, ja, weiter«, als könnte er noch weiter – und wenn er schläft, weint sie.

Sie sind bald zwei Wochen da, als sie ihre Großmutter anrufen möchte, die allein zu Hause in Rouen geblieben ist. »Einverstanden«, sagt der Lehrer stirnrunzelnd, »aber nicht zu lange«, fügt er hinzu und zeigt ihr den Geldbeutel. Am Abend teilt sie ihm mit, dass sie abfährt: Das Schiff legt um einundzwanzig Uhr hier an, sie wird es nehmen. »Ich hab's mir gedacht«, sagt er: »Du bist wie Mama, du brauchst deine Bequemlichkeit.« Die Vermieterin klopft an die Tür, es ist Samstag, sie will wissen, ob sie noch bleiben wollen. Der Lehrer zieht sorgfältig die Geldscheine

aus seinem Beutel, zahlt zwei Wochen im Voraus. Als sie
ihren Teil beansprucht, rechnet er ihr mit lauter Stimme
vor, was sie bis zum Flughafen von Athen braucht – das
Schiff, das Taxi –, in Paris kann man mit Drachmen sowieso nicht viel anfangen.

Vom Deck aus winkt sie mit der Hand, der Lehrer
wirkt traurig und als sei er erstaunt zu sehen, wie sich das
Schiff entfernt. Er folgt ihm am Ufer, der Wind hat sich
erhoben, und sie versteht schlecht, was er ihr plötzlich zu-
ruft, während er den Schritt beschleunigt. »Ich bin dein
Liebster«, glaubt sie herauszuhören, aber das ist es nicht,
sie begreift, als er mit den Fingern auf den Mund zeigt, sie
zuckt mit den Schultern, tut mir Leid, sie hat vergessen,
ihm die Medikamente dazulassen.

In Athen hat sie fünf Stunden Zeit bis zum Einchecken.
Sie lässt ihr Gepäck bei der Aufbewahrung und schlendert
durch die Straßen. Sie ist zwanzig Jahre alt, sie ist der
Frühling, alle Männer winken ihr zu oder laufen ihr
hinterher, sie lächelt sie an, wie sie es in Paris nie tut.

Am Flughafen ruft sie ihre Großmutter an, um ihr die
Ankunft anzukündigen. Von den paar übrig gebliebenen
Drachmen kauft sie sich ein gekordeltes Armbändchen,
das sie sich gleich über das Handgelenk streift.

Sie wartet drei Monate, bevor sie den Lehrer anruft. Er ist
nicht da – ein Abendessen in der Stadt. Als sie den Grund
ihres Anrufs erwähnt, ruft seine Mutter am Telefon aus:
»Ach ja, das Geld ... immer das liebe Geld!«

Später betrachtet sie ihre Reise zu den Inseln mit hellenis-
tischer Gelassenheit: Im Grunde ist es nicht so schlimm:
gibt es doch einen Mann auf der Welt, der ihr etwas schuldig ist.

DIE MÄNNER

Trifft sie einen Mann, der ihr gefällt, fragt sie sich nie – fragt sie ihn nie –, ob er allein ist.

Alle Männer sind per definitionem allein.

Sie haben eine Mutter, eine Frau, manchmal mehrere, Kinder, Freunde, Bekannte, Zukunftsprojekte. Sie sind durch Bande an sie geknüpft, von denen manche sich ohne Zweifel lösen werden (sind sie zu eng, reißen sie, sind sie zu locker, gehen sie auf). Sie denkt allerdings gar nicht daran, sie davon zu befreien, dafür ist sie nicht da, außerdem würde das ihre Kräfte gewaltig übersteigen. Sie weiß, dass sie gebunden sind, dass sie nicht frei sind (»Ich liebe ihn, aber er ist nicht frei«, liest man in den Kummerkästen der Magazine, als gäbe es, umgekehrt, *freie* Männer). Sie sind also vergeben, besetzt, manchmal sogar sehr besetzt (»Entschuldige Liebling, ich bin sehr besetzt«, sagt der große Pariser Arzt zu ihr, dessen Geliebte sie eine Zeit lang ist, bis sie das Licht seiner Operationslampe zu kalt findet). Oft sind es genau diese Bindungen, die sie an den Männern liebt, was sie interessiert: woran ein Mann hängt.

Und trotzdem, trotz dieser Verknüpfungen, will sie sich ihnen in einer Bewegung annähern, die dem Leben gleicht – der Pflock darf nicht zu nah sein, das Seil nicht zu kurz (ein paar Fäden müssen bereits durchgerissen sein). Den untereinander und nah am Ufer vertäuten Barken zieht sie das Boot vor, das etwas weiter weg auf den Wellen tanzt, am Ende des Piers. Man weiß genau, dass es Haltetaue hat, dass es vor Anker liegt, aber das sieht man nicht, denn es tanzt.

Das ist es, was sie an den Männern liebt, dieses ungehinderte Treiben, diese Bindungen, die Raum lassen, Bewegungsfreiheit.

Alle Männer sind per definitionem vergeben. Aber bei einigen von ihnen gibt es Spielraum.

MIT IHM ALLEIN

Mich interessiert der Unterschied zwischen den Geschlechtern. Ich erwarte von der Beziehung mit einem Mann (ich erwarte, ja, man kann sagen, dass das das richtige Wort ist – ich erwarte), dass sie mich ihm näher bringt, sowohl, um diesen Unterschied zu bestätigen, als ihn aufzulösen. Mit einem Mann schlafen heißt gleichzeitig, eine Frau zu sein und von einem Mann erfüllt zu sein – ich spreche von der Penetration, ich meine: Dringt jemand in einen ein, dringt man auch ins Mysterium des anderen ein, zumindest hofft man das. Eigenartig ist dabei, dass die Lust von diesem Unterschied hervorgerufen wird, aber, wie mir scheint, vollständig auf seine Auflösung hin tendiert. Was mich bei einem Mann anzieht, ist, dass er ein Mann ist, und was mich glücklich macht, danach, bei der Liebe, ist, dass wir eins sind. Genau das erwarte ich von einem Mann, diese Annäherung bis zum Verschmelzen, diesen Augenblick, genau wie es das Klischee sagt, wo die Körper sich vereinigen.

Es ist mir schon immer schwer gefallen, lange mit jemandem unter vier Augen zusammen zu sein, für den ich keine Lust empfinde und der keine Lust für mich empfindet: mit einer Frau zum Beispiel, oder einem Homosexuellen, oder einem Mann, der seine Funktion, seine soziale oder berufliche Rolle nie ablegt, der zu Ihnen spricht von einem Ort außerhalb seines eigenen Körpers, dem Ihren fremd. Ich mag diese amerikanischen Arbeitsbeziehungen nicht, diese so genannte egalitäre Art, den anderen als Kollegen zu behandeln, als Kameraden, als Partner, als Bruder oder Schwester – dieses vorgetäuschte Nichtwissen um die Verschiedenheit, die eine peinliche Uniformität und eine fälschliche Vertrautheit herstellt. Ich will für den anderen das unbekannte Gebiet sein, eines, das er nicht als Konquistador zu unterwerfen oder für immer zu vernichten trachtet, sondern auskundschaften, ja, oder zumindest ein wenig entdecken möchte. Ich mag die Entdecker, die Männer, die neugierig sind auf Frauen und auf diesen Teil von sich selbst, der im anderen ruht, undurchsichtig, dunkel und begehrenswert. Sie werden sagen, vielleicht werden Sie zu mir sagen (aber nein, Sie sagen ja gar nichts): »Und warum der Körper? Warum Lust, warum Sex?«

Nun, weil er ein Mittel ist, den anderen kennen zu lernen, und mit Sicherheit das beste, wenn es um den geschlechtlichen Unterschied geht, der doch wohl mit dem Geschlechtlichen zu tun hat! Die Bibel sagt »erkennen« für »miteinander schlafen«; damit ist alles gesagt: Ich liebe die Männer, die Lust haben, mich zu erkennen.

DER FREUND

Der Freund ist rar, der Freund an sich. Er ist eher eine abstrakte Figur, eine imaginäre Projektion oder ein mehr schlecht als recht ans Alltagsleben adaptierter Mythos. Der Freund existiert nicht, es ist nur eine bequeme Bezeichnung für gewisse Leute. In Wirklichkeit glaubt sie nicht an die Freundschaft unter Frauen, und von den Männern erwartet sie nur Liebe. Da bleibt nicht viel Platz für den Freund.

Wenn ein Gefährte Stendhals ihm eine Frau mit dem Titel Freundin vorstellte – »eine Freundin« –, pflegte der Schriftsteller zu antworten: »Ach! Schon?« Sie ist auch ein bisschen so: Die Freundschaft scheint ihr kein Anfang, sondern ein Ende – ein Ende nicht im Sinne eines zu erreichenden Ziels natürlich, nein: ein Ende im Sinne von dass es vorbei, zu Ende ist. Die Freundschaft ist für sie das Ende der Liebe, das ist alles. Der Freund ist also früher geliebt worden, er wird es nicht mehr, schon nicht mehr. Er verkörpert die Zeit, die vergeht, die Zeit, die vergangen ist. Gelegentlich hat sie zu ihren Männern oder haben Männer zu ihr gesagt: »Bleiben wir Freunde.« Eine pleonastische Formel, wie es keine typischere gibt: Was ist denn die Freundschaft anderes als das, was bleibt, ein Rest, der übrig bleibt?

Sie gehört auch nicht zu den Frauen, von denen man sagt: »Sie hat viele Freunde«, und sie ist stolz darauf. Das hieße, über diesen illusorischen Besitz alles einzugestehen, was sie verloren hat, alles, was sie nicht mehr hat. Der Freund ist traurig, immer, er ist eine Art Liebeskummer.

Oder der Freund ist homosexuell. Er lädt sie in die Oper ein, sie lädt ihn ins Restaurant ein, sie gehen zusammen ins Museum, ins Theater, sie nehmen Tangostunden, sie stürzen sich in den Schlussverkauf. Manchmal nimmt er sie mit in die Casa Rosa, »Privater Gay Club«, wo hunderte von Männern und ein paar Frauen, die ihnen ähnlich sehen, gespreizt tanzen. Es gibt mehrere Säle, mehrere Ebenen, Bühnen. Viele Männer haben einen nackten Oberkörper, enthüllen im Halbdunkel vollkommene Körper, goldene Arme, glänzende, glatte Schultern und Rücken, Gesichter, die ganz mit sich selbst beschäftigt sind. Sie leidet wie ein Tier, sie könnte verrecken wie ein Hund. Der Freund verschwindet, dann kommt er wieder, fasst sie am Hals, fragt, ob alles in Ordnung sei. Sie sagt ja, sie schreit, man hört einander nicht.

Sie ist allein in der Casa Rosa, allein, wie es nicht erlaubt sein dürfte, fremd, dass man daran sterben könnte. Es ist auf einmal wie ein Unglück, eine Frau zu sein.

DER VATER

Der Vater ist etwas ganz Besonderes – er ist ein Sonderfall unter den Männern, der männliche Teil in ihr. Als sie aus der Badewanne steigt, die Haare glatt nach hinten geklatscht, mit nackter Haut, ohne Schminke, die Züge vom Neonlicht etwas verhärtet, die Brauen buschig, der Blick finster, bemerkt sie plötzlich im Spiegel: Das ist er.

Der Vater ist das einzige männliche Gesicht, das der Frau gegeben wird; der Vater ist der einzige Mann, der sie je zu sein hat.

DER EHEMANN

Der Ehemann hat ein kleines Problem, der Ehemann zu werden – er sagt es ihr eines späten Abends in der Closerie des Lilas ins Gesicht: Er ist nicht frei. Er lebt ganz in der Nähe mit einer Frau zusammen, die älter ist als er, an der er hängt. Aber er wird Schluss machen, er will sie heiraten, sie, er betet sie an.

Sie kennen sich seit drei Tagen. Sie antwortet ihm, dass sie auch nicht frei sei: Er heißt Amal, er ist nach New York gezogen, und sie soll ihm folgen, was sie jetzt aber nicht mehr tun wird, das ist vorbei.

Sie stellen sich einander vor: Sie tanzt, versucht zu schreiben, liebt Guillaume Apollinaire; er war Wettkampfschwimmer, schreibt Gedichte, die keiner will, liebt Yeats, T.S. Eliot, Shakespeare, das Theater, er hasst die gegenwärtige Zeit und fährt einen weißen XK 120, eines Tages wird er sie mitnehmen, dann wird sie verstehen warum. An jenem Abend in der Closerie des Lilas geraten sie in Entzücken über ihre Ähnlichkeit. In der Nacht, bei ihr, bricht in dem Augenblick, wo sie sich umarmen, ein riesiges Gewitter aus – elektrische Nächte, magnetische Haut. Die Götter sind eifersüchtig.

Sie heiraten. Er unterrichtet Englisch in Rouen, sie ist Bibliothekarin in Vernon, sie wohnen in Paris. Sie treffen sich fast jeden Tag im Zug – es ist dieselbe Strecke –, erschöpft, besessen schlafen sie miteinander, ohne Ende.

An einem Freitag sagt er, dass er nicht nach Hause komme, er müsse englische Kollegen nach Le Havre begleiten. »Du wirst mir fehlen«, sagt sie – und denkt, du wirst mich verfehlen, wie einen Zug.

Sie sitzt allein in der Frégate, liest *Le Monde*. Und plötzlich, als die Wohnblöcke von Mantes-la-Jolie schon längst vorbei sind – es bleiben kaum zehn Minuten Fahrt, die Fahrgäste sammeln sich bereits vor den Türen –, packt sie plötzlich ihre Sachen und geht gegen die Fahrtrichtung durch den Zug, öffnet die Zwischentür, betritt den nächsten Wagen, dann noch einen, und noch einen – »he, junge Frau, der Ausgang ist hinter dir«, wirft ihr ein quer über dem Gang liegender Reisender zu, sie steigt über ihn hinweg, geht weiter, sie will den ganzen Zug durchlaufen haben vor der Ankunft, vor dem Durcheinander des Aussteigens, sie will sicher sein, dass sie sich täuscht.

Die hinteren Wagen sind fast leer, ein kurzer Blick genügt, um sie zu beruhigen, niemand da.

Sie öffnet die Tür zum letzten Abteil, geht hinein. Durch die hintere Scheibe kann man die Schienen sehen, die Straße, die davonjagenden Bäume. Und gleich daneben, allein, sitzt er und betrachtet die Landschaft, er ist es.

Sie geht weiter den Gang entlang (ihn ohrfeigen, ihm die Hälfte seiner Haare ausreißen, sich ins Nichts werfen). Als ihr Schatten auf ihn fällt, hebt er den Blick, er lächelt, als wäre er stolz auf sie, gut gespielt, Darling – der Ehemann macht Fairplay, sehr sportlich. Bei ihm an-

gekommen, rammt sie ihm mit voller Wucht die Akten-
tasche ins Gesicht, verloren mein Liebster, nimm das in
die nose, honey, never give all the heart, my tailor is rich
and my wife is crazy. Dann fällt sie ihn Ohnmacht, son
of a bitch.

AMAL

Amal ist Marokkaner, er hat einen schwarzen, buschigen Bart und ist von einem ausgeprägt semitischen Typ, was ihm das Aussehen eines Khomeini-Anhängers gibt, was allerdings nicht zutrifft, ganz im Gegenteil ... Als sie ihm zum ersten Mal begegnet, im Palace, hat er den vagen Blick eines Haschrauchers, aber an diesem Ort, wo jeder nur für sich allein zu tanzen scheint und sie sich unsichtbar fühlt, ist sie ihm dankbar, dass er sie nicht aus den Augen lässt. Als er sie jedoch in der Garderobe, wo sie ihren Mantel holt, nach ihrer Telefonnummer fragt, gibt sie ihm die nur, sagt sie sich, weil er sie sowieso verlieren wird.

Er ruft am nächsten Tag an, er hat zwei Karten für *Don Giovanni*, ob sie ihn begleiten mag?

Dann hat er zwei Plätze für den *Rosenkavalier*. Dann schaut sie sich mit ihm diese Inszenierung von *Bérénice* an, die sie so empört, in der Titus schnarchend schläft während des sublimen Geständnisses »Ich liebte, mein Herr, ich liebte, ich wollte geliebt werden.« Dann weint sie im Konzert von Léo Nucci, beim Tod des Marquis de Posa.

Dann lädt er sie ins Restaurant ein, schenkt ihr Platten von Miles Davis, nimmt sie mit, sämtliche Filme von Charlie Chaplin noch einmal zu sehen, spielt ihr Ravi Shankar, Dire Straits, Marianne Faithfull, Gérard Grisey vor.

Er promoviert über internationale Wirtschaft, sie bereitet den Wettbewerb für Dokumentare vor, sie hat nicht viel Zeit. Er ja – er hat alle Zeit der Welt, scheint es.

Er macht ihr den Hof.

Eines Abends – sie hält es nicht mehr aus, sie weiß nicht, was sie davon halten soll – lädt sie ihn ein, mit nach oben zu kommen. Sie trinken Jasmintee, sie liegt in dem einzigen Raum auf ihrem Bett, er sitzt am Schreibtisch, wo sich all die Bücher stapeln, die sie lesen sollte, statt die Zeit verstreichen zu lassen. Das Gespräch dauert Stunden, und als sie schließlich aufsteht, damit er geht, erhebt auch er sich sofort und nimmt seine Jacke von der Stuhllehne. Der Flur des Studios ist so winzig, dass sie sich beim Öffnen der Tür gegen ihn drücken muss, der hinter ihr steht. Da fühlt sie in ihrem Kreuz sein hartes Glied, aufgerichtet unter dem Stoff. Er macht keine Bewegung, als sie sich brüsk umdreht, als hätte sie sich verbrannt, und ihn mit den Augen fragt – er senkt nur die fast malvenfarbigen Lider, entzieht seinen schwarzen Blick einen Augenblick dem mineralischen Glanz der Frage, dann sagt er sehr leise, sie hört es kaum: ja.

Amal bedeutet auf arabisch »die Hoffnung«. Es ist ein Mädchenname, aber keiner würde besser zu seiner orientalischen Sanftheit passen, zu seiner braunen, zarten Haut, zu seinen langen Wimpern. Als sie ihn zu ärgern versucht, zu verletzen – sehr bald, denn seine ruhige Zärtlichkeit verwirrt sie –, schreibt er ihr. Sein Brief besteht aus lauter Zitaten von Laotse und aus der Zenphilosophie:

»Setzt du dich still hin und tust nichts, kommt der Frühling von selbst, und das Gras wächst allein.«

»Derjenige, der handelt, wird scheitern. Alles entzieht sich dem, der es an sich reißen will. Der Weise hütet sich, zu handeln und scheitert nicht.«

»Lass die Taube auf dem Dach und den Spatz aus der Hand – setz dich.«

»Das vollkommene Tao bietet keine Schwierigkeit, es bewahrt nur davor, zu wählen.«

Der Zufall will es, dass sie in jenem Jahr genau gegenüber von Roland Barthes wohnt, den sie verehrt und dessen *Fragmente einer Sprache der Liebe* sie auswendig kennt (sie hat mit einem Freund Schluss gemacht an dem Tag, als er R. B. als Reinen Blender beschimpft hat). Sie weiß genau, wenn sie ihn nach Hause kommen sieht, müde, leidend, sie weiß, versteckt hinter ihrem Vorhang, dass das Nicht-Ergreifen-Wollen ein Köder ist, ein unerreichbares Ideal, oder für sie, für Leute wie sie, eine zu starke List. Amal gibt sich ihr hin mit dieser Kraft, die sie unterwirft und zermürbt. Er ist der vollkommene Mann, die zum Mann gewordene Vollkommenheit. Sie aber, sie will wählen, ja, wählen und gewählt werden mit derselben Geste, zur selben Zeit. Sie will den Spatz und die Taube, die Taube fangen, ohne den Spatz aus der Hand zu lassen, lieben, mein Gott, und geliebt werden, ohne dich so friedlich zu sehen.

Er fährt nach New York. Sie soll ihm folgen, sobald sie ihre Prüfung geschafft hat. Sie werden zusammenleben, die Welt entdecken, zusammen frei sein in dem glänzenden Leben, das er ihr verspricht. »Werde ich Zeit haben, zu schreiben?«, fragt sie.

Als sie ihm ein paar Wochen nach seiner Abfahrt mitteilt, dass sie ihre Hand einem anderen gegeben hat, antwortet er ihr, dass sie einen Fehler mache, aber dass ihr ja zum Glück noch eine zweite bleibe, deren Zärtlichkeit er erneut fühlen möchte. Sie ist ihm dankbar für seine verhaltene Eifersucht, die trotz allem über seinem bedächtigen Brief schwebt, sie ist ihm dankbar, auch nicht so weit zu gehen, diese Freiheit zu bereuen, die er ihr ließ und die sie ausgenutzt hat, um sich anderweitig zu binden.

Jahre später besucht sie bei einem Aufenthalt in Marokko seinen Vater, der in der Altstadt ein Geschäft betreibt. Er ist hoch betagt, aber er erkennt die große Blonde, die ihm sein einziger Sohn einst vorgestellt hatte und der er Männerhemden schenkte, Männerschals, das ganze Geschäft, was sie wollte. Er serviert Tee, fragt sie nach der Familie, ob sie Kinder habe, wie viele. Sie zittert, als sie ihm die Fragen zurückgibt – und Amal?

Amal lebt immer noch in New York, er ist mit einer Brasilianerin verheiratet, sie haben keine Kinder, noch nicht, er leitet ein großes Verlagshaus da drüben, »ja, er ist ein großer Herr geworden«, sagt sein Vater (es liegt in seiner Stimme ein leichter Hauch von Revanche), »ein richtig großer Herr«. »Nur im übertragenen Sinn, nehme ich an«, antwortet sie – sie erinnert sich an seinen zarten Körper, den Anhänger der Kampfkünste, Meister des Ausweichens, seine Sanftheit – »groß, nur im übertragenen Sinn?« Aber er scheint nicht zu verstehen und wiederholt stolz, »ja, ein richtig großer Herr«. Sie sitzt friedlich da, ihr Glas Tee in der Hand – der Winter kommt, und das Gras stirbt.

MIT IHM ALLEIN

Warum ich nie von meiner Mutter spreche ... Oh! Sie
haben es bemerkt ...

Nun, weil meine Mutter, das bin ich. Ich bin in ihr,
verstehen Sie, ich bin immer in ihr gewesen. Ich weiß alles von ihr, ich verstehe sie von innen heraus, was soll ich
Ihnen sagen? Ein Mädchen ist immer im Innern einer
Frau.

Beim Vater hingegen ist es anders − der Mann. Er
ist neben einem, ich bin neben ihm, es gibt eine Distanz, einen Unterschied, einen Raum zwischen uns,
unüberbrückbar, und ich spreche, um diese Distanz zu
überwinden, um mich ihm anzunähern. Sie scheint
unüberbrückbar: ein Abgrund. Ich spreche, um ihn aus-
zuloten, vielleicht auch, um hineinzufallen.

Sie nehmen die Rolle des Vaters ein, ich weiß: Sie
schweigen, und wenn Sie einen Satz sagen, bleibt er
mir im Gedächtnis. Sie nehmen die Rolle des Vaters
ein, anders, gleich, gleichgültig, wie soll man das wissen?

Aber ich bin nicht Ihre Tochter.

Nein. Nicht die geringste Lust dazu.

Ich will, dass man sich mit mir traut. Sich ganz mit mir vereint, sich mit mir vermählt. Dass der andere, sein Körper, sein Geschlecht, seine ganze Person, sich aus nächster Nähe an mich schmiegt, so gut es geht, so gut das in der Liebe geht.

Eine Beziehung interessiert mich nicht. Zwei Menschen miteinander in Beziehung setzen, paaren, miteinander kombinieren wie Farben, das ist dumm. In einer Beziehung ist man immer zu zweit.

Nein, ich will, dass man sich traut – mit meinem Mann habe ich mich sofort getraut.

Der Mann in mir. Den Mann in mir haben. Im Mann sein. So dass man keine Grenze mehr spürt; damit es keine Grenzen mehr gibt.

Ich möchte, dass man sich mit mir vereinigt. Ohne Vorbehalt.

Der Ehemann

Er sollte um Mitternacht nach Hause kommen, es ist bereits nach eins. Sie schiebt den schweren Innenriegel vor, zu dem er keinen Schlüssel hat, und schreibt ihm schluchzend einen wohl formulierten Abschiedsbrief, von Laclos und Barbey d'Aurevilly inspiriert – genug von alten Mätressen und unzeitgemäßer Treue, sie will das Reich nicht teilen, sie, sie liebt, sie will alles, sofort oder gar nicht, sie hat lieber nichts als fast alles. Er wird die Nachricht auf dem Treppenabsatz finden, wenn er zurückkommt, falls er zurückkommt – aber daran zweifelt sie nicht, und er wird seinen Abend bereuen, auch dessen ist sie gewiss.

Er kommt tatsächlich zurück, es ist zwei Uhr morgens, er schleicht auf Samtpfoten die Treppe des Gebäudes aus dem XVII. Jahrhunderts hinauf, wo sie sich nach ihrer Heirat niedergelassen haben, drei Monate zuvor – d'Artagnan soll hier gelebt haben, aber dieses biographische Detail, wenn es denn wahr ist, beginnt ihr ernsthaft zu schaffen zu machen (von jetzt an jeder für sich). Sie hört zufrieden, wie er die Nachricht entfaltet, dann mit sämtlichen Schlüsseln seines Bundes die Tür zu öffnen versucht, dann ganz vorsichtig klopft, kratzt, drückt, grummelt, murmelt, fleht – ihr Herz wird leichter, erholt sich nach und nach vom schlimmen Groll, aber diesmal hält sie aus, er soll sich ruhig noch ein wenig abquälen, sich an die Sache mit dem Zug erinnern. Plötzlich erschüttert ein lauter Schlag die Eingangstür, hinter der sie lauert, gefolgt von einem zweiten und von einem dritten – durch den verbogenen Türpfosten dringt bereits das Tageslicht, der Griff geht mit dem Schloss in Stücke, sie schiebt den Riegel genau in dem Augenblick zurück, als der Mann wie in einem Kriminalfilm mit dem ganzen Gewicht seines Körpers in die Wohnung fällt. Sie stürzt wortlos auf ihn zu, nimmt ihm die Schlüssel weg, und da sie ihn nicht auf den Treppenabsatz zurückstoßen kann, hinter die Matte, über der er sich krümmt, traktiert sie ihn blindlings mit Faustschlägen, während er versucht, sie an den Unterarmen zu packen. Sie schlägt zu, wo sie kann, die Augen geschlossen, das Licht ist ausgegangen, sie sieht nichts mehr, eine schleimige Flüssigkeit rinnt ihr über die Hände, Blut, es ist Blut, sie muss ihn mit einem der Schlüssel erwischt haben, er ist verletzt, er wird sterben, da haben wir's, es ist vorbei, toll gemacht, Pech für ihn.

Sie findet sich im Bad wieder, er sitzt auf dem Rand der Badewanne, sie verarztet ihm vorsichtig die Schulter mit einem Stück Heftpflaster – der Schlüssel war etwas rostig, wenn er sich nur keinen Tetanus holt. Er nimmt sie bei den Händen, zieht sie an sich, sie riecht seinen Schweiß, schließt die Augen. Es lag eine Kuh auf den Schienen, der Zug stand stundenlang still, unmöglich, sie zu benachrichtigen … Wie? Ja, ja, die Kuh ist tot.

Sie schlafen die ganze Nacht miteinander, machen nur Pause, um zu essen oder laut herauszuplatzen vor Lachen, er erzählt zehn Mal die Szene mit dem Akzent – na, mein Froilein, ist das etwa Ihr Vieh auf dem Gleis –, mag sein, dass er lügt, aber sie schert sich nicht darum, denn er ist in ihren Armen – er ist so schön, ihr Musketier.

»Das verstehe ich nicht«, sagt die Vermieterin, die benachrichtigt wird. »Eine so schöne Tür wie diese zu verwüsten – ein echtes Kunstwerk, ein Meisterwerk der Tischlerkunst – und dann nichts zu stehlen. Es ist Ihnen doch nichts weggekommen, oder?«

Sie stehen betreten, Hand in Hand, auf der Fußmatte und betrachten mit traurigem Blick die schöne, von d´Artagnan derart zugerichtete Tür. Das muss Liebe sein, soviel ist sicher, leidenschaftliche Liebe.

DER EHEMANN

Der Ehemann ist in Étretat geboren. Dorthin führt er sie, sobald sie einen freien Tag, ein paar freie Stunden haben, dorthin kehren sie zurück aus fernen Gegenden, in die sie bald auswandern werden. Der Ort passt zu ihm wie die Faust aufs Auge: Der Ehemann ist eine Mischung aus einem Einbrecher-Gentleman und einem athletischen Ruderer, er bewegt sich je nach Laune zwischen Arsène Lupin und Guy de Maupassant, zwischen Monokel und Matrosenhemd, britischem Humor und normannischem Aufbegehren, Höhenflug und Wellental.

Genau das hat ihr als Erstes an ihm gefallen: Auch wenn er sie beharrlich an den Ort seiner Geburt führt, zu diesem winzigen Punkt, diesem lächerlichen, glatten Steinbrocken im Meer, sie kann ihn nicht einordnen.

Der Ehemann liebt die Frauen. Er fragt sich stets, wie sie wohl nackt aussehen. Er träumt davon.

Sie aber liebt er wirklich, sie ist seine Frau, seine Ehefrau, seine Anvertraute, er gibt sich Mühe, ihr treu zu sein, wie er es versprochen hat, er findet in sich den Mut für die Liebe zu ihr.

Was für ein Opfer er ihr bringt! Eine Hekatombe! Ist sie denn nicht seine Göttin?

Der Ehemann betreibt fleißig mehrere Sportarten. Er hat die Ausdauer eines Asketen. Er liebt die Geschmeidigkeit, die Präzision, die Kraft. Er rennt, er springt in die Höhe, in die Weite, er beugt die Knie, breitet die Arme aus, sprüht vor Leben. Der Körper gibt, was er kann, er ist stets in Bewegung, ein Wettlauf gegen die Uhr und den Tod.

Der Ehemann kleidet sich mit Geschmack. Oft, findet sie, sieht er aus wie einer dieser Schauspieler, die mit gespielter Lässigkeit die Stufen von Cannes hinaufsteigen und dabei der Welt ein Bild ungetrübten Glücks präsentieren. »Gatsby«, sagt sie manchmal zu ihm, »Great Gatsby.«

Der Ehemann sammelt alte Autos – ein Traum von Freiheit, Luxus und Geschwindigkeit. Er versichert, sie nie zur Verführung benutzt zu haben, das wäre zu einfach, er will für die Frauen das einzige Objekt des Begehrens sein, auch wenn sie für ihn nicht das einzige sind. Privat macht er sich einen Spaß daraus, sie zu vergleichen: Die eine kommt nur langsam in Fahrt, ist dann aber eine wahre Bombe, die andere schnurrt vor Lust, die eine hält nicht, was sie verspricht, während es ein wahres Problem darstellt, die andere auszumachen.

Der Ehemann liebt das Theater – den Raum gestalten, Illusionen schaffen, der Meister einer irrealen und wahren Welt sein. Er ist aktiv, kreativ, entzieht sich. Man kann ihn nicht einordnen.

Er ist ein Spieler – ein Kind, das im Garten spielt, ein Körper, der im Licht spielt. *Sein Leben zu spielen ist besser, als es zu leben*, könnte seine Devise lauten. *Auch wenn spielen heißt, es zu leben.*

DER SCHATTEN

Manchmal, wenn sie auf einer Baustelle einen Arbeiter mit nacktem Oberkörper sieht, in Schweiß gebadet, seinen Unterarm, der die Stirn wischt, die Jeans eng an den Hüften, an den Schenkeln liegend,

Manchmal, wenn auf der Straße schöne glänzende Limousinen an ihr vorbeifahren, energisch gelenkt von Männern, die hinter dunklen Brillen halb verdeckt sind,

Manchmal, wenn sie auf dem Bildschirm Schultern oder Augen eines Schauspielers sieht, den die Aufnahme so nah heranbringt, dass man meint, ihn küssen zu können,

Manchmal, wenn sie ein Buch liest, keuchend unter den glühenden Küssen dessen, der ihren Mund sucht,

wird sie von einer kurzen, verschämten Lust gepackt, obwohl sie doch weiß, dass das nur Gespenster sind, die in der Nacht vor dem Morgengrauen ihr Unwesen treiben und ihr ihre vergängliche Macht vorführen.

Doch in der Entfaltung seiner illusionären Kraft erfüllt der Mann sie manchmal mit dem, was ihm zum Sein reicht: der Schein – eine Erscheinung.

DER SCHRIFTSTELLER

Sie hat alle seine Bücher gelesen, sie kennt ihn aus seinen Büchern. Er ist ein Mann, der, wie man sagt – und wie er selbst sagt –, »die Frauen liebt«: eine magische Formel, bei der sich einen Augenblick zu verweilen lohnt (es ist immer angenehm für eine Frau, einen Schriftsteller zu lesen, der sie liebt, sie hat beim Lesen das Gefühl, dass er an sie denkt). Sie begehrt ihn, würde ihm gern begegnen; wenn sie ihn liest, bekommt sie schreckliche Lust auf ihn, er wird zu seiner eigenen Figur, er existiert, er lebt, weder Papier noch Tinte können etwas daran ändern. Natürlich wundert sie sich, dass Wörter Lust auf Liebe machen können, aber es ist so: Sie weint, wenn Jean Valjean auf seinem Bett Cosettes zierliche Kleider ausbreitet, sie lacht, wenn der Leser des Medizinwörterbuchs sämtliche Krankheiten bekommt außer der Gelenkwassersucht des Zimmermädchens, und wenn der Schriftsteller die vorbeigehenden Frauen auf der Straße betrachtet, bekommt sie Lust auf ihn. Dass die Wörter lebhafte Emotionen hervorrufen, Gefühle wie Zärtlichkeit und Mitleid, ist schon viel; aber dass sie derart den Körper treffen, mitten in den Bauch, dass sie uns zum Schluchzen bringen, zum Lachen, zum Begehren, dass muss man erlebt haben, um es zu glauben.

Mit ihm allein

Martin Eden, weil er sich umbringt, Frédéric Moreau, weil er es nicht wagt, Gatsby, weil er allein ist, Amalric, weil er auf seine angenehmen Hände vertraut, der Matrose von Gibraltar, weil er dem Begehren den Namen einer Insel gibt, Mesa, weil er die Liebe erleidet, Tadzio, weil er sich anschauen lässt, Aschenbach, weil er stirbt, Julien Sorel, weil er eine Stunde festlegt, bevor er handelt, der Geliebte von Lady Chatterley, weil er gleichzeitig mit ihr kommt, Gilliatt, weil er schweigt, Romeo, weil er sich zu Tode liebt, Félix de Vandenesse, weil er sich nicht im Griff hat, Antiochus, weil er gesteht (Ich habe fünf Jahre geschwiegen, Madame, und werde es noch länger tun), Fabrice, weil er der Welt entsagt, der Vater Goriot, weil er seine Töchter liebt, Vronsky, weil Anna sich für ihn umbringt, Des Grieux, weil er bis ans Ende der Welt geht, Marcel, weil er eifersüchtig ist, Adolphe, weil er bleibt, der Oberst Chabert, weil er verschwindet, Don Juan, weil man Lust hat, auf seiner Liste zu stehen, Aurélien, weil Bérénice ihm schreibt: »Nichts kann mich von Ihnen ablenken«, Valmont, weil er sich verliebt, M. de Nemours, weil er akzeptiert, Lanzelot, weil er schön ist, Solal, weil er genau weiß, dass es aussichtslos ist.

MIT IHM ALLEIN

Was ist passiert, was hat sich verändert – ist es die Zeit,
einfach nur die Zeit, die sich auf den Glanz des Begehrens
legt, es mit einer Schicht Kalk oder Rost bedeckt, den
Schwung der Liebe ins Stocken bringt?
Ich weiß es nicht.
Warum ist es unmöglich?
Ich weiß es nicht.

Wir sind nach Afrika gegangen. In eine feuchte Stadt
am Meeresufer, eine dieser großen Städte, wo man sich
inmitten der Menge allein fühlt. Aber das französische
Gymnasium war angenehm, das Wetter schön, wir waren glücklich – ich weiß nicht, was ich noch sagen soll:
Ferienjahre als Verliebte, wenn Sie so wollen –, glückliche Menschen haben keine Geschichte. Nach dem
Unterricht gingen wir ins Schwimmbad, ein riesiges
Schwimmbad mit Meerwasser, wo man die hohen Wellen des Ozeans hörte. Mein Mann legte Kilometer im
Kraul zurück, einmal um die Welt vielleicht. Abends
klapperten wir die Kinos sämtlicher Viertel ab, wir haben uns Händchen haltend mit größter Begeisterung

die unsäglichsten Schmarren angesehen! An freien Tagen lasen wir Krimis, manchmal über fünfzehn die Woche, aßen Erdbeertorten, die besten, die ich je gegessen habe.

Er liebte mich, ich bin sicher – er wäre für mich gestorben, ich weiß es. Er gehörte zu den Männern, die für die Liebe sterben können.

Ich für meinen Teil hatte immer Angst, dass er stirbt. Einmal, ich erinnere mich, hatte er sich zwei Stunden verspätet, ich setzte mich auf die Stufen vor unserem Haus, und während ich auf das Geräusch seines Wagens lauerte, versuchte ich mich an den Gedanken zu gewöhnen, dass man kommen würde, um mich zu benachrichtigen, dass jemand kommen würde, um mir seinen Tod mitzuteilen (es gab in den Häusern dort kein Telefon) – in diesem Moment hielt ein Taxi, ich erkannte das typische Motorengeräusch der alten blauen Dauphines, der Fahrer stieg aus, klingelte an der Gartentür: »Die Polizei schickt mich, Sie zu holen, Madame …!« Ich sagte: »Ja, ich weiß, ich komme«; als das Taxi mich absetzte, fand ich die Leiche in vorzüglicher Form vor, wie sie mit einem versöhnlich gestimmten Motorradpolizisten verhandelte – alle warteten auf mich, damit ich das Bakschisch bezahlte. Aber schließlich wurde gar nichts bezahlt, mein Mann hatte sie alle eingewickelt, er hatte sogar Shakespeare zitiert vor den begeisterten Gendarmen, die ihm seinen Führerschein wieder aushändigten und die 145 Stundenkilometer vergaßen, die das Tachometer auf der Küstenstraße angezeigt hatte.

Ich bestaunte dieses Wunder bei ihm: Er spielte sein Leben. Er ging durch das Leben, als wäre es ein Film, der nach und nach gedreht, improvisiert wird: ein ständiges Kino. Beim Schwimmen war er Johnny Weismuller; hinter dem Steuer seiner Automobile Errol Flynn; er küsste leidenschaftlich wie Rhett Butler; war traurig wie Gary Cooper in *In einem anderen Land*. Ich habe mit ihm gelacht wie mit keinem anderen, auch war er alle vier Marx Brothers zusammen, konnte jeden Akzent nachmachen, stürzte sich in jede Verkleidung, setzte alle möglichen Gesichter auf.

Ich weiß nicht, warum ich in der Vergangenheit spreche, als wär er tot. Weil es vorbei ist wahrscheinlich, weil er mich nicht mehr zum Lachen bringt.

Es gab keinen lebendigeren Mann als ihn – ein lebendiger, vibrierender Mann ... was sag ich: ein Mann! Männer, alle Männer zusammen: Ich hatte sämtliche Männer geheiratet – alle Männer dieser Welt.

Das ging lange so, sehr lange eigentlich, wenn ich es bedenke: Wahrscheinlich, weil wir Theater gespielt haben; er konnte weiterspielen, das Spiel leiten. Er wurde bewundert, man hörte ihm zu; und dann bildeten wir, was man gewöhnlich ein »hübsches Paar« nennt. »Ein hübsches Paar«, sagte man von uns.

Wir liebten uns, glaube ich – wir liebten uns im anderen, in dem Spiegel, den uns die Schönheit entgegenhielt, im Kaleidoskop, in dem die Pailletten einer vielfältigen Existenz ihr Spiel spielten.

Manchmal aber, hin und wieder, sah ich ihn mit anderen Augen, ich muss es wohl oder übel eingestehen. Ich habe eine Seite wiedergefunden, die ich in jenen Jahren geschrieben hatte, als ich einen ersten Roman begonnen hatte (der in der Schublade geblieben ist). Ich war überrascht, als ich sie wieder las, denn sie hätte von gestern stammen können, dabei ist es mehr als zehn Jahre her. Ich habe sie verändert, es gab ein paar geschichtliche Details zu korrigieren – es war in gewissem Sinn eine andere

Zeit. Die Seite endet mit den Worten, deren Kälte jede Hoffnung erstarren lässt: »Er ist ein toter Mann.«

Sehen Sie, manchmal frage ich mich, sage ich mir: Es ist nicht die Liebe, die stirbt, es ist der Mann.

DER EHEMANN

Der Ehemann stammt nicht aus seiner Zeit. Er trägt in seiner Brieftasche ein Foto seines Vaters aus den fünfziger Jahren mit sich herum, auf dem man einen eleganten Mann mit übereinander geschlagenen Beinen sieht, einen Arm lässig auf der Lehne eines Klubsessels, der in den Salon eines Überseedampfers gehören könnte. Er trägt ein Fischgrätenjackett und Schuhe aus glänzendem Leder. Er ist Vorarbeiter auf den Docks, aber wer hätte ihm das abgenommen?

Der Ehemann ist da stehen geblieben, in einer Zeit, wo er wohl noch kaum auf der Welt war und in der sein Vater dieses Aussehen hatte, das er bald verlieren sollte, alt, krank und übergewichtig geworden. Der Ehemann ist da stehen geblieben, bei diesem erstarrten Bild, das ihm stets, auch mitten in der Bewegung, die richtige Pose, die angemessene Haltung vorgibt. Er mag Tweed, englische Zigaretten, Jazz, luxuriöse Schuhe, Ella Fitzgerald, Miles Davis, Great Gatsby, Tee, Gary Cooper, Ava Gardner, Tennis, Ozeandampfer, die alten Rolex, den Kraulstil, und vor allem liebt er leidenschaftlich die Automobile, die in jenen Jahren durch die Straßen fuhren, alle, vor allem die schönsten, den

Triumph, den Aston Martin, den Jaguar, er liebt diese herrlichen Wagen, die sich sein Vater nicht leisten konnte.

Der Ehemann stammt nicht aus seiner Zeit, er stammt aus der Zeit seines Vaters. Die Zukunft hat wohl ein paar Kratzer in dieses schwarzweiße Bild geritzt – er mag auch die Beatles, Fellinis Filme, die Romane von Philip Roth und die Befreiung der Frau. Aber mit einem Mal verdichtet sich die Zeit und staut sich, alles steht still, und nur noch diese ehemalige Szene ist erleuchtet, vor der sich die Vergangenheit abspielt: Er hasst Rap, Hamburger, Graffiti, Piercing, alles Vulgäre, Autobahnen, Turnschuhe, zubetonierte Küsten, Frauen, die auf der Straße rauchen, Drogenabhängige, die Erziehungswissenschaften, Mercedes, Techno, T-Shirts, Aktienpakete, Virginie Despentes, Disneyland, Kommunikationstechnik, Fernsehspiele, das Fernsehen überhaupt, die Dummheit der Leute und vor allem, über alles hasst er, was aus der Sprache geworden ist – »nein«, sagt er ständig zu den Mädchen, »man sagt nicht: ›Das ist cool‹, ›Das ist top‹, ›Ist gebongt‹, man sagt es ganz einfach nicht« –, diese Art zu sprechen ohne etwas zu sagen, diese Sprache, die keinen Inhalt mehr hat, diese Sprache ohne Gehalt.

Sie versteht ihn, kann seine Nostalgie nachvollziehen. Aber manchmal in all den Jahren kann sie nicht mehr (sie dreht Cheb Kahled voll auf), und wenn ihr Mann, von Traurigkeit erfasst, sich in das Foto seines noch jungen und schönen Vaters versenkt, der mit übereinander geschlagenen Beinen in seinem Bridgesessel sitzt, kommt ihr dieser flüchtige Gedanke, der die beiden gleichsetzt: »Er ist ein toter Mann.«

DER SCHAUSPIELER

Nach einer gewissen Zeit fangen sie an, sich in Afrika zu langweilen. Sie beginnt einen Roman, ihr Mann macht Theater. Er inszeniert, wie er lebt, Wörter und Bilder verknüpfend, Gesten und Seiten. Er baut eine Truppe auf, bleibt nächtelang hinter dem roten Vorhang versteckt. Es ist der Ort, wo er glänzt, von dem eine Wahrheit ausgeht, die sie bewundert. Abends schreibt sie nicht, sie spielt, ihm zu gehorchen, mit Leib und Seele.

Die Schauspieler kommen und gehen mit den Jahreszeiten, den Reisen und den Freundschaften. Ein einziger bleibt über die Jahre, an die Bühne gefesselt durch die Langeweile, die ihn überfällt, sobald er sie verlässt, und die er an vorstellungsfreien Tagen im Rausch und mit finstersten Abenteuern zu ertränken sucht. Der Schauspieler ist das obskure Doppel ihres Ehemannes, könnte man sagen, sein verwünschter Teil. Theater, Alkohol, Bordell und Drogen: Er erträgt nur die Paradiese – jene der Kunst und der Kunstgriffe, die der Hölle nahe sind, von hellen Flammen umlodert.

Sie spielt mit ihm, er wird zu ihrem Star, zur Hauptrolle, zum Intimfreund, sie spielen zusammen. Er geht vor ihr auf die Knie:

– Oh, meine liebe Lisette, was muss ich hören? Deine Worte durchdringen mich wie Feuer; ich liebe dich, ich achte dich. Es gibt keinen Rang, keine Geburt, kein Vermögen, die vor einer Seele wie der deinen nicht unwichtig werden ... Mein Herz und meine Hand gehören dir.

– Verdienten Sie nicht, dass ich sie annehme? Man muss schon sehr selbstlos sein, um das Vergnügen zu verheimlichen, das Sie mir bereiten. Glauben Sie vielleicht, das kann man lange durchhalten?

– Dann lieben Sie mich also?

– Nein, nein, aber wenn Sie mich noch einmal fragen, sind Sie selber schuld.

Er dreht ihr den Rücken zu, sie sieht, wie sein Körper zittert, seine Hand die Reling aus Pappe umklammert.

– Ich weiß, dass Sie mich nicht lieben.

– Aber was für eine Überraschung. Was erfahre ich da auf einmal: Ich bin jene, die Sie geliebt hätten.

Er dreht sich um, dieses Gesicht hat sie noch nie bei ihm gesehen:

– Gönnen Sie mir Ihren Anblick, wie bitter es ist, Sie hier vor mir zu sehen. Warum treffe ich Sie jetzt? Es ist hart, sein Herz für sich zu behalten. Es ist hart, nicht geliebt zu werden. Es ist hart, zu warten, zu erdulden, zu warten und zu warten und noch einmal zu warten, und da steh ich vor Ihnen zu dieser Mittagsstunde, in der man so deutlich sieht, was zum Greifen nah ist, dass man nichts anderes mehr sieht.

Der Ehemann führt Regie, sie sind unzertrennlich. Die Stücke werden jedes Jahr danach ausgesucht, welche Rollen sie darin übernehmen. Abends gehen sie in die Bars der Grand Hotels, die beiden den Hut tief ins Gesicht gezogen, mit Monokel, Zigarettenspitze oder zweifarbigen Schuhen, sie mit ihnen, in einen schwarzledernen Rock gezwängt, das Gesicht hinter einem Schleier versteckt. Der Schauspieler nimmt Kokain, der Ehemann einen puren Whisky Malt, sie einen Saft. Gerüchte breiten sich aus, seit man sie auf der Bühne zusammen hat Tango tanzen sehen, mit nacktem Oberkörper (»Der Tango wird unter Männern getanzt«, ruft der Schauspieler in Erinnerung), man nennt sie das »Bermudadreieck«. Wenn sie zusammen sind, gehen die Lichter des Theaters, in dem sie spielen, nie aus, sie erfinden die Welt neu zwischen Garderobe und Kantine. Man müsste *Othello* inszenieren, sagt der Ehemann, ich bin sicher, du gibst den perfekten Jago ab. – Ja, antwortet er, ich habe die Seele eines Verräters. Und sie lachen.

Dann verlässt der Schauspieler das Land, verlässt sie. Er kehrt nach Frankreich zurück, zu einer vergessenen Familie, einer Frau, Kindern. Er fehlt ihnen. Wenn sie an ihn zurückdenkt, scheint ihr jedoch alles konfus, irreal, vage Eindrücke kommen hoch, als würde sie sich an ein früher gesehenes Stück erinnern, sie schafft es nicht, auseinander zu halten, was sie damals in ihrem Herzen für ihn empfunden hatte und was sie bei ihrer Erinnerung empfindet – und er für sie, für sie beide –, sie kann die Vergangenheit schlecht ausmachen, sie hat diesen dichten Nebel vor den Augen, der einen Moment lang blind macht, wenn man in die Kulissen tritt und auf einmal nicht mehr im Rampenlicht steht.

DER UNBEKANNTE

Der Unbekannte steht vor einem Kino und wartet darauf, dass der Schalter öffnet. Es ist die Mittagsvorstellung, nur wenige Leute sind da. Er schaut sie an. Sie lässt sich anschauen.

Im Saal setzt sie sich wie gewöhnlich sehr nah vor die Leinwand. Er nicht. Sie vergisst ihn so vollständig, dass sie, kaum sind die Lichter wieder angegangen, durch den Notausgang hinausgeht.

Später wartet sie ein paar hundert Meter weiter auf den 21er. Er schlendert die Straße entlang; als er sie sieht, hält er an, kommt auf sie zu, nicht direkt, sondern schrittweise, mit Pausen, wie bei einem tierischen Ritual, der Balz – nah der Lächerlichkeit. Schließlich steht er neben ihr. »Mögen Sie den …«, fängt er an. »Hören Sie«, sagt sie, »ich bin nur zwei Tage in Paris, was könnte das also anderes werden als eine kurze Begegnung?«

Er steigt mit ihr in den Bus, sie sieht, dass er lange feine Hände hat, einen Ehering (vielleicht sagt er sich dasselbe). Sie verlassen den Bus gleichzeitig, sie geht ins Centre Pompidou, er möchte sie wiedersehen. »Heute Abend«, sagt sie, »im Cluny.«

Er kommt pünktlich, erklärt aber, er könne nicht bleiben: Seine Frau ist schwanger und fing zu weinen an, als er wegging. Er ist nur aus Höflichkeit gekommen, um sie nicht warten zu lassen. Er entschuldigt sich. »Sie sind vollständig entschuldigt«, antwortet sie.

Er bringt sie in ihr Hotel, eilt auf eine U-Bahnstation zu. Sie geht auf ihr Zimmer, setzt sich aufs Bett und weint, sie weint, die Arme über dem Bauch gekreuzt, den Kopf über die Knie gebeugt. Lange weint sie so. Das Licht des einzigen Fensters macht ein Loch in den Schatten.

Als sie am nächsten Abend zum Essen hinuntergeht, ist er da. Er fährt mit ihr im Fahrstuhl wieder hinauf, legt ihr die Hände auf die Schultern, er zittert, sie schließt die Augen.

Sein Mund, seine Haut, seine Zunge, seine Hände, seine Finger, seine Haare, seine Arme, seine Beine, sein Hintern, sein Rücken, seine Lippen, seine Augen, sein Geschlecht, sie kennt alles, sie kennt sein ganzes Geschlecht, außer seinem Namen – den Namen dieses Mannes weiß sie nicht, er bleibt unbekannt.

Der Film, den sie zusammen gesehen haben, war *Begegnung* von David Lean, 1946. Es geschieht nichts in dem Film. Er ist wie ein Traum, aus dem man aufwachen sollte, ohne Worte darüber zu verlieren.

Sie spricht mit niemandem über den Unbekannten. Sie behält ihn für sich.

MIT IHM ALLEIN

Ich sage nichts. Damit Sie ja sagen, deswegen, nur deswegen, ich schweige, um Sie zu hören, sonst sagen Sie ja
nichts, und ich möchte, dass Sie sprechen, dass Ihre Stimme zu mir dringt, dass Ihre Stimme mich berührt. Ich
warte, dass Sie ja sagen wie das letzte Mal, als ich zu sprechen aufhörte, nach ein oder zwei Minuten haben Sie mit
wunderbarer Stimme ja gesagt, *ja*, ich kann es nicht
wiederholen, aber ich erinnere mich daran, ja, wie ein
Mann, der eine Frau liebt, ja, als kämen Sie mich da ab-
holen, wo ich bin, so weit weg ich auch bin, genau das
will ich, dass Sie es sagen und noch mal sagen, bis ich es
glaube, bis das, was sich in mir öffnet, offen bleibt, ja,
wenn Sie so ja sagen, klingt es wie Liebe, ich weiß, ich
sollte den Mund halten, ich breche alle Brücken hinter
mir ab, ich weiß, Sie werden nicht auf mich hören, ich
kann es mir denken, im Gegenteil, Sie werden schön
Acht geben, es nicht mehr zu sagen, ich weiß, Sie über-
lassen mich dem Schweigen, dem Kummer, dem Tod, dabei könnten Sie es doch noch einmal sagen, ja, einfach ja.

DER GELIEBTE

Der Geliebte arbeitet mit ihr zusammen, so haben sie sich kennen gelernt. Sie ist Dokumentarin an dem Gymnasium, wo ihr Mann Englisch unterrichtet und der Geliebte Deutsch.

Sie befinden sich im Ausland, in einem arabischen Land, wo es nicht möglich ist, die Männer anzusehen, mit ihnen zu sprechen; wo jede Beziehung sogleich das erdrückende Gewicht der Luft bekommt, ihre Schwüle; sie befinden sich in einem Land, wo die Frauen nicht atmen.

Sie hat in der Schule nie Deutsch gelernt, sie wollte nie, wegen der marschierenden Stiefel. Sie ist lange danach geboren, aber das ändert nichts, es ist die Sprache des Feindes. Seither hat sie Goethe gelesen, Hölderlin, Hofmannsthal, sie weiß, wie schön es ist, sogar in der Übersetzung – schön, aber fremd, schrecklich fremd: eine schwierige, gegnerische Sprache. Eine Fremdsprache.

Der Geliebte verkörpert auch als Franzose diese Sprache, die sie nicht versteht. Er wird selbst zu dieser hermetischen Sprache: schön, aber fremd. Sie hört ihn in der Bibliothek mit dem Lektor aus Stuttgart plaudern, sie hört ihn lachen, scherzen, in Deutsch etwas erklären, all ihre Sinne richten sich auf dieses Mysterium, diesen Mann. Es ist ihr unerklärlich.

Um sie herum auf den Straßen wird arabisch gesprochen. Sie selbst kennt mehr arabische als deutsche Wörter, aber keines, das der Rede wert wäre: Die Lust wird im Keim erstickt, sie blüht nur in den Chansons auf, in der Stimme von Umm Kalsum oder des Rai – sonst ist sie tot, oder fast: eine Sprache aus rohem Holz, eine rohe Sprache.

Sie hat Lust, deutsch zu lernen, den Geliebten zu erobern.

Eines Tages schreibt sie ihm – auf Französisch natürlich. Sie schreibt auf ein einfaches Blatt die Worte: »Ich möchte dich sprechen.«

DER GELIEBTE

Wird er anrufen? Um wie viel Uhr? Werden wir uns sehen können? Wann? Wie lange? Wo? In welchem Hotel? Liebt er seine Frau? Schläft er mit ihr? Liebt er mich? Steht mir dieses Kleid? Wird es ihm gefallen? Mag er lieber Blonde? Bin ich zu dick? Findet er mich schön? Schöner als seine Frau? Intelligenter? Die bessere Liebhaberin? Machen sie es wie wir, wenn sie miteinander schlafen (falls sie miteinander schlafen)? Sagt er ihr dieselben Dinge? Liebt er sie? Liebt er sie mehr als mich? Liebt er mich?

Wird er seine Frau verlassen? Werde ich meinen Mann verlassen? Sollte ich? Wäre das nicht ein Fehler? Ist er eifersüchtig auf meinen Mann? Sollte ich ihn eifersüchtig machen, verrückt vor Eifersucht, ihn zum Äußersten treiben? Ahnt seine Frau etwas? Hat er Angst, dass sie es weiß? Hat er Angst, dass mein Mann es erfährt? Hat er Angst? Ist er feige? Sind alle Männer feige? Sind alle Männer Schweine? Geht es nur um den Fick? Sollte ich Schluss machen?

Wie spät ist es? Ist er aufgehalten worden? Hat er einen Unfall gehabt? Wird er kommen? Ist es zu Ende? Bedeutet das, dass es zu Ende ist? Ist er dienstags um fünf Uhr fertig? Ist das sein Wagen, dort, vor dem Tor? Wird er mit seiner Frau in der Vorstellung sein? Werde ich ihn sprechen können? Werden wir fünf Minuten für uns haben? Merken die anderen etwas? Lügt er mich an? Hat er genug von mir? Hat er vor mir andere Abenteuer gehabt? Viele? Ist er verliebt gewesen? Sehr? Wann? Ist es lange her? Denkt er noch daran? Wird unsere Geschichte von Dauer sein? Denkt er an mich? Fehle ich ihm? Weiß er, dass ich ihn liebe? Ist es ein Fehler, es ihm zu zeigen, es ihm zu sagen? Müsste ich nicht distanzierter sein, geheimnisvoller? Weiß er, dass ich auf seinen Anruf warte? Wird er mich anrufen? Wann? Um wie viel Uhr? Warum ruft er nicht an? Was werde ich ihm sagen, wenn er anruft? Sollte ich mich nicht auf Banalitäten beschränken, den Fragen ausweichen, den Zeichen der Beklemmung? Liebt er mich? Liebt er mich wirklich?

MIT IHM ALLEIN

Ich mag es, wenn Sie sagen: »Bleiben wir dabei.« Es ist lustig, weil es das Gegenteil meint, es meint: Bleiben Sie nicht da. Wenn Sie sagen »bleiben wir dabei«, heißt das, ich soll gehen. Sie sagen es richtig, Sie sagen es freundlich, aber Sie sagen es, Sie entscheiden, dass es Zeit ist, dass ich gehen soll, dass Schluss ist.

Die Männer haben Mühe, die Frauen bei sich zu behalten, es scheint ein banales physiologisches Phänomen zu sein, dass Sie nach der Liebe eine Zeit lang abweisend sind, gefühlskalt, in der man Sie besser nichts fragt – abweisend, ja, abweisend wogegen? Gegen den Körper, der da neben Ihrem liegt, gegen die Frau, die Sie berührt, oder gegen die einfache Vorstellung, etwas fortsetzen zu müssen – zu sprechen, von vorn anzufangen, zuzugeben, dass da ein Band ist, so dünn es auch sein mag, das Sie bindet und einengt. Denken Sie das, befürchten Sie das? Was geht in Ihnen vor, was empfinden Sie? Langeweile, Überdruss, Ekel? Ekel vor sich selbst, Ekel vor den anderen? Scham? Scham, dieser erloschene, geschrumpfte, schrumpfende Körper zu sein? Scham, da zu sein, nackt und entblößt wie am ersten Tag, neben einer Frau, die etwas von Ihnen verlangen wird, wie Sie befürchten, die es bereits verlangt, vielleicht gar nie aufgehört hat, etwas zu verlangen, was Sie ihr nicht geben können, weil Sie es auch nicht haben, nein, Sie haben es nicht, und sie verlangt es von Ihnen, deswegen schämen Sie sich, nicht wahr, für dieses Loch, in dem Sie sich befinden und das sie nicht kennt, und Sie möchten lieber flüchten, oder dass sie geht, so ist es, verzieh dich, hau ab, das ist die Abweisung, ein Strahl, der sich auf der Oberfläche der Trennung bricht, nichts ist mehr möglich als diese Trennung, dieser Bruch, den die Trennung bedeutet, wenn die Wege auseinander gehen und es nichts Gemeinsames gibt außer der Vergangenheit – keine Zukunft. Ich mag es, ich mag es trotzdem, wenn Sie sagen »Bleiben wir dabei«. Da fällt mir jemand ein, ein Mann, der aufstand und zum Fenster ging, den Vorhang auseinander schob und dann, als hinge seine Entscheidung von dem ab, was er auf der Straße sah, abrupt mitteilte, er könne nicht bleiben – »ich kann nicht bleiben«, sagte er und versteckte sein geschrumpftes Geschlecht hinter einem Streifen des Vorhangs, aber es war seine ganze Person, die sich zurückzog, die zu verschwinden, wegzugehen hoffte, er war es im Ganzen, der sich plötzlich zurückziehen wollte, der das Geschehene ungeschehen machen, widerrufen, leugnen wollte – ja, verzieh dich.

Das Erniedrigende daran ist im Grunde nicht, dass Sie danach gehen oder uns zum Gehen auffordern – sogar gleich danach. Das Erniedrigende, was uns wirklich zu Boden wirft, uns einen Vorgeschmack auf den Tod vermittelt, ist, dass Sie nichts von sich dalassen, jedenfalls nicht freiwillig (das Sperma, der Geruch, die Erinnerung an Sie natürlich, aber wenn Sie könnten, würden Sie es mitnehmen). Sie ziehen sich zurück wie ein Mörder nach dem Geständnis, dem Eingeständnis der Schwäche. Sie haben nichts gesagt, Sie haben nichts getan, Sie waren nicht einmal da. Indem Sie gehen, verneinen Sie alles, das Ganze, und dieser Zeuge, der sagt, er hätte Sie gesehen, diese Frau, die Ihre Anwesenheit bezeugt, sie hat geträumt: Das sind Sie nicht. Das sind Sie nicht. Was für eine Traurigkeit, was für ein Ende könnte trauriger sein als diese Verneinung? *Animal triste*, ja, auf lateinisch »verhängnisvoll«, »den Tod ankündigend« – nicht den kleinen Tod, den großen, den echten.

Darum mag ich dieses »Bleiben wir dabei«. Weil es meint »Trennen wir uns«, aber so, dass doch etwas zwischen uns bleibt, ein gemeinsames Band, das wir beim Abschied teilen, eine Spur unserer Begegnung, auch wenn sie vergebens war, ein Mittel, zwei Sachen miteinander zu versöhnen, den Wunsch, zu kennen und die Lust zu vergessen, die Lust wiederzuerkennen und der Wunsch zu verleugnen, in Ihnen Anziehung und Rückzug zu vereinen, Verlockung und Genuss, das Hier und das Anderswo, die Vergangenheit und die Zukunft, den Sprung und den Fall – weil dieses Bleibende, dieses Überbleibsel, das zwischen zwei Geschlechtern bleibt, die alles unterscheidet, dieses Bleibende, das dem Tod widersteht, der Traurigkeit, dem traurigen Geschick der Menschen, vielleicht die Liebe ist, das, was man Liebe nennt. Und geht der Geliebte, bleibt doch die Liebe. Bleiben wir dabei für heute, also, bleiben wir heute dabei, bleiben Sie, bleiben Sie noch einen Moment, bleibe ein wenig, bleibe noch ein wenig.

Aber ich gehe, keine Angst, ich geh schon.

DER EHEMANN

Der Ehemann weiß Bescheid über den Geliebten. Sie weiß nicht, woher er es weiß, aber es ist so, er weiß es. Er weiß, dass sie einen Geliebten hat, er weiß, wer es ist.

Er sagt zu ihr, na dann, dann ist es halt so, es ist geschehen, kann man nichts machen; nicht so schlimm. Er hat in den sechs Jahren, die sie verheiratet sind, auch Abenteuer gehabt – zwei, vielleicht drei, ja, drei –, aber nie etwas Ernstes, wirklich, darum hat sie auch nie etwas gemerkt, nicht wahr? Er war diskret, er für seinen Teil, und dann hat keine der Geschichten lange gedauert, und manchmal war Ekel im Spiel, Abscheu vor sich selbst und Bedauern ihr gegenüber, und dann geschah es vor allem, weil die anderen wollten, ihn wollten, er kann nicht nein sagen, das Begehren der Frauen rührt ihn, wenn sie alt und hässlich sind, vor allem dann, vielleicht macht er es absichtlich, damit sie nicht zur Gefahr werden, damit sie keine Rivalin hat, nie etwas Ernstes also – nein, nicht Marie, wie kommst du denn auf die, nein, ich habe immer nein gesagt, es heißt nein, ich hätte dich nie angelogen, nicht wegen ihr. Aber wozu Namen nennen, was nützt das, was hat das für einen Sinn? Oh nein, die Kuh, das stimmte, ich schwöre es dir, es lag eine Kuh auf den Schienen – nicht einmal Beziehungen, so kann man das nicht nennen, kaum Abenteuer, sehr kurzlebige, das sind Sachen, die vorkommen, er wird ihr keine Szene machen, das kann jedem passieren, das kann vorkommen, selbst wenn man sich liebt, wie sie sich lieben, die Lust okay einverstanden, vergessen wir's, es ist Vergangenheit, sprechen wir nicht mehr darüber.

Sie sagt zu ihm nein, sie kann es nicht vergessen, warum sollte man die Gegenwart vergessen, vergisst man denn, was man gerade erlebt, für sie ist es Gegenwart, Aktualität, Realität, für sie ist es nicht zu Ende, es hat gerade erst angefangen – kaum zwei Monate, heimlich zwischen Tür und Angel, sie hat noch keine Zeit gehabt, sie will ihn kennen lernen, besser kennen lernen, sie will ihn öfter sehen, weitermachen, für sie ist es Zukunft, nein im Gegenteil, sprechen wir darüber.

Er sagt zu ihr, sie sei ein abgebrühtes kleines Luder, er habe immer noch im Ohr, wie sie ihnen diesen Scherz einer Frau von Sacha Guitry in Erinnerung rief, um ihn auf sich selbst anzuwenden: »Ich werde meinen Mann nie betrügen, weil ich es nicht ertragen könnte, die Frau eines Gehörnten zu sein«, das war witzig, hm, wir haben nicht schlecht gelacht, und er hat ihr geglaubt, der Dummkopf, er hat daraus seinen Engel konstruiert, sein Idol, weiß sie das überhaupt, dass er sie wie einen Engel verehrte, dass sie sich in seinen Augen immer von den anderen unterschieden hat, rein, unschuldig war, all das, um sich wie ein Arschloch wiederzufinden, gehörnt, ja, ausgezogen bis aufs Hemd, und verraten von derjenigen, die er über alles gesetzt hatte, über diese ganze Scheiße, diese Schändlichkeiten, armer Dummkopf, und wie ich nun dastehe.

Sie sagt zu ihm: »Warum Scheiße, warum immer alles niedermachen, warum imm…«

Er sagt, sie könne aufhören mit ihrem Theater, er habe verstanden – der Engel: ein wahres Miststück, genau, das nichts anderes im Kopf hat, als bei der ersten Gelegenheit die Hosen runterzuziehen – und was für eine Gelegenheit, oh, ach, ein armer Kerl, der in nassem Zustand seine 45 kg wiegt, ein Kümmerling, eine Elendsgestalt – das ist vielleicht das Allerhärteste, nein, aber mal ehrlich, hast du ihn gesehen, hast du ihn dir denn angesehen, meine Güte, genau die Art Typ, der fickt wie ein Holzschuh, ich bin sicher, dass er schneller schießt als sein Schatten, dieser Mistkerl.

Sie sagt nichts.

Er schreit: »Nutte!«

Sie schließt das Fenster.

Er schreit: »Ah! Du willst wohl nicht, dass man hört, dass du eine Nutte bist, eine arme Hure, die für den nächstbesten Hosenscheißer die Beine breit macht. Doch genau das bist du und nichts anderes: eine Hure. Für wen hältst du mich eigentlich? Sieh mich mal an: Fünfunddreißig, kein Gramm zu viel, ein tadelloser Körper, sieben Liter Luft in den Lungen, und wenn es sein muss, kann ich problemlos die ganze Nacht durchvögeln. Was willst du noch? Und ich weiß nicht, ob du es gemerkt hast, ich brauche hier nur mit dem Finger zu schnippen, und ich lege dreizehn von einem Dutzend flach, blaue Augen, das gibt's hier nicht wie Sand am Meer, siehst du, also die Puppen, wirklich, wo ich will, wann ich will, und schönere als du, he, jüngere, Feen, Jungfrauen, und du mit deinem dicken Arsch, nein, was bildest du dir eigentlich ein, los, geh, geh zu deiner Missgeburt, schieb deine Nummer mit diesem Jammerlappen, leck ihm die Nudel, Schlampe, aber pass auf, sieh dich vor, wenn ich gegangen bin, ist es für immer, und du wirst es vielleicht bereuen, denk darüber nach, wenn du seine Scheißnummer über hast.«

»So Scheiße auch wieder nicht«, sagt sie mit leiser Stimme, die Stirn hochgezogen ob dieser unglaublichen Rede.

Er erwidert nichts … Er packt mit beiden Händen den großen Glastisch zwischen ihnen und schmeißt ihn gegen die Wand, von wo er in Form von tausend scheppernden Scherben zurückfällt. Er geht auf sie zu und gibt ihr eine schallende Ohrfeige, sie fühlt halb ohnmächtig ihren Kopf vibrieren, hebt den Arm, er fasst den Kragen ihres Kleides und schüttelt sie heftig, mit starrem Blick, Schaum vor dem Mund – der Stoff reißt krachend auseinander, ein Kleid, das sie sich gerade gekauft hat, das ihr gut steht, sie bekommt ihn an den Handgelenken zu fassen, hör auf, schreit sie ihn an, hör auf. Er zertrümmert noch eine Vase und die Lehne eines Sessels, dann fällt er plötzlich auf die Knie: »Ich liebe dich«, sagt er, »verstehst du denn nicht, dass ich dich liebe?« – und fängt an zu heulen.

Sie bleibt unbeweglich vor dem Kamin neben ihm stehen. Sie presst die Fäuste so stark zusammen, dass ihr Ehering, wie sie später sehen wird, für immer seine runde Form verliert. Schließlich legt sie die Hände auf ihn, auf seine Schultern, die vom Schluchzen geschüttelt werden, während sie starr aus dem Fenster blickt, in die Ferne, steif und regungslos in ihrem herunterhängenden Kleid.

Die Kostüme sind nicht von Donald Cardwell.

DER GELIEBTE

Du bist schön. Ich hab dich vom ersten Augenblick an begehrt. Du hast wunderbare Augen. Ich habe mich noch nie so geliebt gefühlt. Du bist schön. Ich mag es, wenn du kommst. Ich habe Lust auf dich. Du hast schöne Brüste. Ich liebe dich. Ich habe mich mit meiner Frau gestritten. Dieses Kleid steht dir sehr gut. Ich glaube, ich werde meine Frau verlassen. Dein Buch ist herrlich, ich mag es, was du über die Liebe schreibst, hast du an mich gedacht? Ich habe jede Nacht von dir geträumt. Es geht nicht mehr mit meiner Frau, es ist sowieso nie gegangen. Ich möchte dich in die Arme nehmen. Ich warte um fünf auf dich. Meine Frau ist eifersüchtig. Dein Mann ist so merkwürdig. Ich konnte nicht kommen, meine Frau ahnt bestimmt etwas, und dein Mann? Ich weiß nicht, ob ich kann. Du bist sehr schön. Ich liebe dich nicht genug, um alles aufzugeben. Mein Frau ist unglücklich. Hast du ein neues Parfum? Ich mag deinen Mund, ich liebe deinen Mund. Meine Frau löchert mich mit Fragen. Ich kann nicht, vielleicht nächste Woche. Was habt ihr dieses Wochenende gemacht? Du siehst traurig aus. Was gibt es? Du hast wunderbare Augen. Bei dir komme ich – ich denke die ganze Zeit nur an dich. Wir müssen aufhören, es geht nicht mehr, dein Mann knallt uns noch ab, er ist völlig durchgedreht. Es ist unklug, es ist unvernünftig, es ist nicht möglich. Lass mich nachdenken, hör mir zu, versteh mich, du siehst doch, dass er übergeschnappt ist. Du solltest ihn verlassen. Komm in meine Arme. Nein, morgen nicht, da fahr ich mit meiner Frau ans Meer. Es stimmt, ich fühl mich gut bei dir, aber im Augenblick ist es besser, mit allem aufzuhören. Du bist auf mich zugekommen. Ich habe dir nie etwas versprochen. Es ist unmöglich. Ich habe keine Lust. Jetzt nicht. Nein, morgen nicht. Hör zu, wir machen Schluss. Es ist vorbei – es tut weh, das zu sagen, aber es ist besser so. Es ist vorbei. Ich habe dich nie wirklich geliebt, ich fand dich schön, das ist nicht dasselbe. Ich liebe dich nicht, hör auf, ich hab es satt, ich will, dass wir aufhören, es widert mich an. Ich gehe. Ich möchte dich wiedersehen, seit zwei Monaten denke ich nur an dich, ich habe Lust auf dich, ich habe Lust, dass wir wieder miteinander schlafen, Donnerstag kann ich den Schlüssel für eine Wohnung haben, ich weiß, dass du mich liebst, ich liebe dich, weißt du, ich habe dich immer geliebt, vom ersten Augenblick an habe ich dich geliebt, noch bevor ich deinen Brief bekommen habe, ich träume jede Nacht von dir, sag, dass du mich liebst, du bist schön, du hast schöne Augen, du hast schöne Brüste, meine Frau ist drei Wochen nach Frankreich gefahren, du siehst traurig aus, was gibt es?, komm in meine Arme.

MIT IHM ALLEIN

Ich schreibe ein Buch über die Männer, einen Roman über die Männer meines Lebens – das sage ich zumindest, wenn man mich danach fragt. Thema: der Mann.

Die Wahrheit, die eigentliche Wahrheit ist, dass ich an die Männer schreibe, für die Männer, für sie. Das Schreiben ist der Faden, der uns verbinden soll. Schreibend mache ich auf mich aufmerksam. Thema: ich. Ich bin voller Männer, das ist das Thema.

Wenn es stimmt, dass man immer für jemanden schreibt, dann ist es einfach: Ich schreibe für Sie.

Ich bin noch nicht fertig, noch lange nicht, aber ich denke an zwei Motti, zwei sehr unterschiedliche Tonarten zum Eingang; ich muss sie gleich meinem Verleger zeigen.

Das eine ist von Marivaux – ich zitiere aus dem Gedächtnis (die Marquise ist seit kurzem Witwe):

Marquise: Ich habe alles verloren, sage ich Ihnen.

Lisette: Alles verloren! Sie machen mich zittern: Sind denn alle Männer tot?

Marquise: Ah! Was bedeutet es mir, was an Männern übrig bleibt?

Lisette: Ach, Madame, was sagen Sie da? Der Himmel möge Sie behüten! Man sollte seine eigenen Ressourcen nie verachten ...«

Ich mag die Vorstellung von den Ressourcen, vom Mann als Quelle. Wörtlich hieß Ressource im achtzehnten Jahrhundert »etwas, das eine missliche Situation verbessert«. Und allein zu sein ist so eine missliche Situation. Aber auf einmal taucht der Mann auf, taucht aus dem Nichts auf, und mit ihm das Glück. *Ein Schiff wird kommen – und meine Sehnsucht stillen –* wie hab ich dieses Lied gesungen, als ich klein war ...

Oder dann das andere Motto, nicht so leicht, unglaublich erotisch – von Claudel natürlich! Es ist Amalric, der zu Yse spricht, Amalric, das Fleisch ohne Gott, die Liebe ohne Seele:

»Ich habe angenehme Hände.

Sie wissen nur zu gut, dass Sie nirgendwo als bei mir

Die Kraft finden, die Ihnen nottut, und dass ich der Mann bin.«

Ich bin der Mann. Ist das nicht wunderbar? Ein Mann kommt auf Sie zu und sagt: Ich bin der Mann.

Man müsste einander gegenüberstehen können, seinen Augen begegnen und sagen: Ich bin die Frau.

Nichts weiter – nur das, so wie ich es jetzt zu Ihnen sage, so, wie Sie es hören: Ich bin die Frau.

Gar nicht so einfach, nicht? Ich Tarzan, du Jane, gar nicht so einfach. Wenn man sich beim Namen nennen, sich in der Selbstverständlichkeit seines Geschlechts vorstellen könnte, in der Gewissheit seines Seins, im Strahlen dieser doppelten Wahrheit – ich und der andere, der andere und ich –, würde man nicht schreiben, gäbe es keine Geschichten, kein Thema, keinen Gegenstand.

Ich würde nicht schreiben, wenn Sie der Mann wären. Ich würde vielleicht leben.

DER VERLEGER

Was veranlasst bei den regelmäßigen Begegnungen mit dem Verleger so zum Schweigen? Was beschwert von Jahr zu Jahr, von Buch zu Buch so sehr die gewechselten Worte, macht jede persönliche Äußerung schwierig oder unmöglich? Was fehlt dieser fest gemauerten Beziehung, was fehlt, damit sie daran glaubt?

Es kommt ihr vor, als würde sie nach jedem Gespräch wieder in die Ecke einer Büchervitrine gestellt, deren Tür sich sofort wieder schließt − vielleicht hat sie das Regal auch nie verlassen, in dessen Richtung er eine Geste gemacht hat, um sie herauszunehmen, vielleicht spricht er hinter dieser durchsichtigen Scheibe zu ihr, und alles dringt in erstickter Form zu ihm, das abgemattete Licht von etwas, was ein Strahl, eine Sonne sein könnte.

Es macht ihr nichts aus, wie ein Buch behandelt zu werden, sie akzeptiert es, aber nicht wie irgendeines. Sie will das Buch sein, auf das man immer wieder zurückkommt, von dem man alles weiß, von dem man jede Seite kennt, allerdings ohne ganz hinter das unerschöpfliche Geheimnis gekommen zu sein − das Lieblingsbuch, das man nie endgültig einordnet, das in der Nähe bleibt, in

Reichweite, griffbereit, das Buch auf dem Nachttisch. Und lieber, als in einem Allerweltsgespräch vergeblich auf diese Verbindung zu hoffen, die Buch und Leser zusammenbringt, sagt sie nichts, schweigt (wenn man nichts zu sagen hat, dann schweigt man).

Es ist ein besonderer Schmerz, der durch dieses Schweigen ausgelöst wird – oder durch das Geplänkel, das es übertönen, füllen soll. Sie erinnert sich lebhaft an die Kindheit und ihre Eifersuchtsanfälle, als man langsam die Hoffnung aufgegeben hatte, unter den Schwestern die Auserwählte zu sein.

»Für mich ist jeder Autor einzigartig«, erklärt der Verleger in einem Interview, mit Wohlwollen den idealen Vater darstellend, bei dem jedes Kind den gleichen Platz im Herzen hat.

Einzigartig, wiederholt er nachdenklich.

Quälende Wut dann bei der Vorstellung dieser täglichen Handlung: ein Buch zu Ende lesen und das nächste aufschlagen.

Einzigartig, mag sein. Aber sie ist nicht die Einzige.

MIT IHM ALLEIN

Es gibt verbotene Männer, Männer, vor denen man zu-
rückschreckt. Ich frage mich manchmal, ob diese pietät-
volle Distanz genau die Natur der Liebe zum Ausdruck
bringt – da und dort zu sein, *auf beiden Seiten* – oder ihre
vollkommene Unmöglichkeit – wie kann man sich von
weitem lieben, ohne etwas im anderen zu berühren?

Da kommt die Lust auf, überzusetzen, ans andere Ufer
zu gelangen, die Lust, und sollte man daran zugrunde gehen, *hinüberzugehen.*

DIE ERSTE LIEBE

Fast zehn Jahre lang sieht sie ihre erste Liebe nicht mehr, sie verliert sie aus den Augen.

Eines Tages (sie hat sich gerade mit ihrem Mann in Afrika niedergelassen) erhält sie einen Brief, einen blauen, in Lyon aufgegebenen Brief. Er ist es.

Er hat ihre afrikanische Adresse von ihrer Schwester Claude bekommen, die er angerufen hat, sie hat ihm auch ihren neuen Namen gesagt, da sie ja jetzt verheiratet ist. Er kann es nicht gutheißen, nicht mal verstehen, dass sie sich verheiraten konnte, warum. Er ist allein, wohnt allein. Werden sie sich wiedersehen?

Als er ihr am Ende einer Treppe in einem alten Gebäude im III. Bezirk die Tür öffnet, sieht sie als erstes seine kurz geschnittenen roten Haare, heller als früher, wie ihr scheint, und mit weißen Strähnen. Er ist etwas dicker geworden, aber sie erkennt ihn wieder, und als er sie an sich zieht, atmet sie wie eine zurückkehrende Erinnerung seine Haut.

Er erzählt ihr sein Leben, wie es ihm in all den Jahren ergangen ist.

Er ist in die Ecole Polytechnique gegangen – das weiß sie, das letzte Mal haben sie sich ja auf dem Ball der Mili-

174

tärhochschule getroffen, wo sie so getan haben, als würden sie sich nicht kennen. Er war nicht sehr begeistert vom Polytech, wenn ihre Erinnerung sie nicht täuscht, war er sogar Pazifist … – stimmt, ja, aber mit einem General als Vater …

Zur Zeit arbeitet er für eine große Ölfirma, versucht aber von dort wegzugehen, lässt sich zu Bewerbungsgesprächen einladen, doch bisher vergeblich, er fühlt sich nicht wohl in seinem Job, alle drängen sich vor, er verdient nicht seinen Diplomen, seiner Erfahrung entsprechend, er überlegt sich, einen Anwalt einzuschalten.

Und dann ist da noch etwas, ein unglaublicherweise drei Jahrzehnte lang gehütetes Geheimnis, das er eben erst erfahren hat: Er ist Jude. Sein Vater, ein Militär in Algerien, hat diese strenge, dunkle junge Frau, die sie immer traurig anlächelte, wenn sie zu Michel kam, mitgebracht und geheiratet – sie erinnert sich, wie sie erschreckt im Türspalt stand. »Deine Mutter ist Jüdin, und du wusstest es nicht?«

Nein, er wusste es nicht. Sein Vater hatte der ganzen Familie das Versprechen abgenommen, das Geheimnis zu wahren, und noch heute weigert er sich, darüber zu sprechen – was bedeutet das schon, Jude, nicht Jude, er wollte doch nicht etwa beschnitten werden? Und seine Mutter schwieg.

Die erste Liebe sitzt da, niedergeschmettert, stell dir vor, ein ganzes Volk ermordet, und der Vater sagt »was bedeutet das schon?«. Sie nimmt seine Hand, hör zu, Michel … Er schließt die Augen bei der Zärtlichkeit, aber sein Gesicht zeigt seinen Schmerz. Hinter ihnen auf einem Regal stellt der Vater unbewegt seine goldenen Tressen zur Schau, seine martialischen Schultern, seine männlichen Züge.

Er führt sie zum Essen in ein koscheres Restaurant. »Und du bist also verheiratet«, sagt er zu ihr.

Er hat natürlich Abenteuer gehabt, auch längere Beziehungen, aber stets mit Frauen, die nicht frei waren und für ihn nicht weggingen, eine davon hat er sehr geliebt, aber sie hatte Kinder, es wurde nichts daraus, und – »du wirst lachen« – sie hieß Camille.

Zur Zeit hat er sehr kurze Affären mit irgendwo aufgelesenen Mädchen, er reißt Mädchen auf, er ist Stammgast auf Partys, er streift nie einen Pariser über, er ist für gegenseitiges Vertrauen, und überhaupt …

Wieder bei ihm zu Hause nimmt er sie in die Arme. Sie hat Lust auf ihn, erinnert sich an Sonntage, als sie sechzehn war, an Zukunftspläne, die sie unter der Bettdecke geschmiedet haben, die Erinnerung kommt wieder. Aber er küsst sie nicht, er flüstert ihr ins Ohr, dass sie nicht unbedingt miteinander schlafen müssen, dass sie auch nur nebeneinander liegen, die Nacht aneinander geschmiegt verbringen können, dass sie hier schlafen kann, bei ihm.

In den letzten Monaten, bevor es zu Ende war, hatten sie keinerlei sexuelle Beziehung mehr, sie schlief mit anderen, aber sie liebten sich immer noch, berührten sich zärtlich, wie Geschwister. Sie erinnert sich an ihren züchtigen Schlaf, als sie bei ihm übernachtete, schwanger von einem anderen, und an sein freundliches Gesicht im Wartezimmer, wo er stundenlang reglos saß, während sie abtrieb, weil er da sein wollte, um sie im Auto nach Hause zu bringen.

Genau an diesem Punkt treffen sie sich wieder, in dieser jungfräulichen Sanftheit, halb Glück, halb Unglück; da finden sie sich, auf der Schwelle seines Zimmers: im selben Moment, in dem sie sich zehn Jahre zuvor getrennt hatten, todtraurig, eng umschlungen. Da sind sie, über die

Jahre hinweg: beim Punkt des Abschieds. Es ist, als hätten sie sich nie verlassen.

Sie bleibt nicht, sie ergreift unter irgendeinem Vorwand die Flucht. »Warte«, ruft er, als sie bereits auf der Treppe ist, »warte«. Er kehrt mit einem Fotoapparat zurück und nimmt von ihr, als sie sich halb umdreht, zwei Polaroids auf. Sie wartet nicht, bis sie entwickelt sind.

In der U-Bahn zieht sie zwischen ihren Fingern den Geruch ihrer ersten Liebe ein. Im Tunnel fliegt mit Lichtstrahlen durchsetztes Schwarz vorbei. Sie denkt an das Gefühl, das Männer manchmal vermitteln, in der Welt nicht den Platz zu haben, der ihnen zusteht, und darunter zu leiden, als ob jemand, von feindlichen oder tyrannischen Lüsten angetrieben, sie von Kindheit an in einem unglücklichen Zustand der Schwäche hielte, die sich inmitten der glänzendsten Karrieren und unter den schönsten Charakteren plötzlich und unerwartet in Form eines unerklärlichen Scheiterns zurückmeldet.

Der Brieffreund

Sie hatten sich einmal auf einem Kolloquium getroffen, und seither schreiben sie einander. Er ist verheiratet, hat drei Kinder. Er fragt sie, ob sie einverstanden ist, seine Schwester zu sein.

Sie bekommt gern Briefe von ihm, am Anfang ist es eine Freude: den Brief aufmachen und einen Mann entdecken zwischen seinen Sätzen, über ihren Rhythmus, ihre Einschübe – wie das Atmen des Geistes, ja, Briefe, die Intelligenz atmen.

Sie provoziert ihn, sagt ihm, dass sie an Männer denkt, sagt ihm, was sie über Männer denkt.

Er schreibt ihr, dass er sie liebt. Er schreibt ihr, was sie lesen will, sagt ihr, was sie hören will: dass er sie liebt, da haben wir's.

Von da an ist nichts mehr möglich – nichts korrespondiert mehr. Nicht, dass sie ihn nicht liebte – sie war versucht zu antworten »ich Sie auch«, »ich liebe Sie auch«, »auch ich liebe Sie«, aber diese Worte kamen ihr hohl vor wie Gipsformen, dumm und platt wie das Motiv eines unendlich oft übermalten Frieses am Rand einer

178

Fußleiste oder einer Decke. »Ich liebe Sie«, »ich Sie auch« – als wären sie gleich, nicht unterschiedlich, er im Norden, sie im Süden, miteinander korrespondierend: Lässt sich das schreiben, ohne dass man seine Stimme einbüßt, können solche Sätze reisen, überstehen sie die Reise?

Manchmal vermisst sie den Brieffreund schmerzlich. Sie hätte geduldig sein, nicht so aufstampfen sollen, die Wohltaten der Entfernung besser respektieren, ihre Schönheit, ihre Kraft schätzen, statt die eigene Energie darauf zu verwenden, die gipsernen Wegmarken herunterzureißen. Aber Geduld ist ihre Sache nicht, für die Verführung des Unsichtbaren eignet sie sich nicht: Die Abwesenheit ruft für sie keine Liebe hervor, und sie verweigert diese Herausforderung der Lust, diese Unmöglichkeit einer jeden Beziehung, die die verschlissenen Fetzen der Sprache nur schlecht zu maskieren vermögen. »Ich liebe Sie«, »ich Sie auch«: Gips und Kitsch. Da ist keine Beziehung.

Und deshalb lässt sie systematisch jeden Briefwechsel mit einem Mann, der ihr gefällt, versickern und hält nur den Kontakt mit Brieffreundinnen aufrecht, wo ihr die Distanz im Gegenteil sehr willkommen ist. Sie weiß allerdings, dass Körper die stete Hoffnung der Lust oft noch schlechter einlösen als Briefe. Doch sie zieht es vor, angesichts einer nackten Präsenz lebendig zu verbrennen, als die einzig mögliche Antwort unaufhörlich zu verschieben, die sämtliche Unterschiede gleichzeitig verherrlicht und einklagt (denn Sie sind nicht mein Brieffreund, es muss gesagt sein), die einzig mögliche, physisch mögliche Antwort: Hier bin ich.

DER BRUDER

Sie hat keinen Bruder, das ist es ja. Manchmal denkt sie, es sei besser so, sie hätte nicht die Schwester eines Mannes sein, seinen Körper ignorieren, auf die Berührung verzichten können. Aber vielleicht liegt das genau daran, dass sie keinen hat: Sie musste nicht täglich jemanden lieben und die Lust auf ihn unterdrücken, sie hat diese Feuerprobe in der Kindheit nicht durchgemacht. Der Vater zählt nicht, auch nicht André, die bewegen sich auf einer anderen Zeitebene. Bestimmt leidet sie deswegen heute mehr darunter, sie ist diese Qual nicht gewohnt: mit einem nahe stehenden Mann zusammen zu sein in dieser körperlichen und geistigen Nähe, die das Blut verschaffen kann, die gemeinsame Lebenszeit – ein Blutsverwandter, ein Zeitgenosse, was die Kirche einen Nächsten nennt –, und sich selbst jeden Gedanken an Zärtlichkeit untersagen zu müssen.

Mehrmals begegnet sie im Bus einem ganz jungen, mit Pickeln übersäten Mann in einer Soutane. Wenn sie sich neben ihn setzt, lächelt er ihr stets zu und sagt »Guten Tag, Schwester«. Abgesehen davon, dass sie seine Mutter sein könnte (seine Mutter, die Mutter dieses Jungen), hat sie nichts übrig für diese Familie, die man ihr aufdrängen will. »Alle Menschen sind Brüder«, ja, ja, sie erinnert sich, sie hat das irgendwo gelesen. Was sie aber schließlich im Bus beruhigt – und sie lächelt still vor sich hin: Die Männer mögen ruhig Brüder sein, die Frauen müssen doch deswegen zum Glück noch lange nicht ihre Schwestern sein.

Er hätte sie ins Kino mitgenommen, wäre mit ihr ausgegangen, hätte ihr seine Freunde vorgestellt, mit ihr über Bücher gesprochen, die sie beide gelesen haben, er hätte vielleicht auf sie aufgepasst, sie ausspioniert, geärgert, am Leben gehindert, er hätte sie beneidet, sich lustig gemacht, sie gehasst, bewundert, umsorgt, verraten, verlassen, verfolgt, vergessen, wiedergefunden.

Aber: Hätte er sie geliebt?

Wie liebt ein Bruder seine Schwester? Was ist das für eine Liebe, die denselben Namen trägt wie die andere?

Sie trauert diesem nie gehabten Bruder nicht nach, und niemand wird seine Rolle übernehmen. »Liebe deinen Nächsten wie dich selbst«, »meinesgleichen, mein Bruder,« »menschliche Brüder, die ihr nach uns lebt«, »mein Kind, meine Schwester, denk an die Sanftheit«, – diese ganze Literatur, die die unverleugbare Andersheit, die zum Menschengeschlecht gehört, auflöst, sie kann damit nichts anfangen.

Sie hat keinen Bruder, nirgendwo auf dieser Welt, und es ist besser so. Sie kennt also nur eine Form der Liebe: Der einschläfernden Vertrautheit zieht sie die beunruhigende Fremdheit bei weitem vor. Sie liebt ihren Nächsten wie einen anderen.

MIT IHM ALLEIN

Abel Weil – einen komischen Namen haben Sie. Der Name eines Bruders, eines guten Bruders natürlich – es gibt bestimmt nicht viele Mütter, die ihre Söhne Kain nennen ... Er klingt auch ziemlich feminin. Was wäre auch normaler: der sanftere der Brüder, der Mädchen-Bruder, stirbt unter den Schlägen seines männlichen Bruders.
Aber wahrscheinlich hatten Sie gar keinen Bruder?

Abel – der gute Bruder, der Hüter, der wacht und über-wacht. Ich habe genug von ihnen mitbekommen, diesen Brüdern, in den Ländern, in denen ich gewohnt habe. Tausende von wachsamen Brüdern, deren Mütter das verderbliche und tödliche Vorbild ins Unendliche verviel-fältigen: Die Brüder dort bedeuten den Tod der Frauen.
Aber ist es hier wirklich ganz anders? In anderer Aus-prägung zum Glück. Aber trotzdem, diese sympathische Brüderlichkeit, diese brüderliche Sympathie zwischen Männern und Frauen, glauben Sie nicht, dass uns das alle umbringt, uns alle zusammen? Dass es zerstört, was wir sind, einen nach dem anderen, um uns zu einem unför-

migen Magma zu verschmelzen – die Menschheit, der Mensch? »Auf dass der Tod uns vereint!«

Wir sind alles Männer, wir sind alles Frauen?

Wir sind alles Brüder, wir sind alles Schwestern?

Sehen Sie, es ist stets die Grammatik, die den Finger auf die Absurdität der geäußerten Fakten richtet: Wir sind alles Schwestern« – aber ich bitte Sie!

Ich habe nichts gegen Mitgefühl, Wohltätigkeit, humanitäre Hilfe – darum geht es nicht.

Ich habe etwas gegen den Versuch, in der Gesellschaft über ein Netz von stillschweigenden Vereinbarungen und Verboten etwas aufzubauen, das in Wahrheit nur durch sein genaues Gegenteil erreicht werden kann, das kein Bruder noch Kamerad mit seinem albernen Wunsch nach einer familiären oder vertraulichen Einheit je erreicht oder geben kann: das tiefe Gefühl des Nicht-ich; das Verständnis des anderen.

Sie haben es bestimmt bemerkt: In ihrem Haus wohnt jemand mit Namen Amand – Amand Dhombre, Amand, der Schatten. Der gute Bruder Abel und der Schattengeliebte – zwei Typen von Männern, könnte man sagen.

Es gibt kein Geschlecht in ihrem Namen, jedenfalls kein erklärtes Geschlecht: Sie hätten Priester werden können mit einem solchen Namen.

Oder Psychoanalytiker. Spezialisiert auf Ehetherapie.

Unser aller Bruder.

Aller, außer meiner.

JESUS

Christus ist ein ziemlich schöner Mann. Sie versteht die Frauen, die ihn zum Bräutigam genommen haben. Sie selbst betritt jede Kirche, an der sie vorbeikommt, seinetwegen, Jesu wegen.

Jesus hat den schönen Körper eines Athleten, ein Körper, gemacht für den Kampf, den Tanz, die Liebe – es ist ein Männerkörper, ein schöner nackter Körper, den man uns pausenlos vor Augen hält, um uns an den Geist zu erinnern, wie es heißt, und an den toten oder zum Tod bestimmten Leib, an die Eitelkeit, die Nichtigkeit.

Aber irgendwo in seinen Adern, in seinem Hals, schlägt das Blut, oder sollte sie geträumt haben?

Ist das eine Leiche, die man in den Kirchen sieht, oder ein leidender, verlassener Körper, den Lanzen und Blicken ausgesetzt? Sie vergisst manchmal beides. Wenn die Wunden verblasst sind, wenn das beinahe lächelnde Gesicht jeden Gedanken an das Martyrium zerstreut, bewundert sie nur noch einen Mann mit fast nacktem Körper, der vor einem liegt wie ein Schwimmer im Gras nach dem Bad, die Arme unter dem Himmel ausgestreckt, erschöpft, blutleer, den Kopf der Wärme, der Wanderung der Wolken hinter dem Kirchenfenster zugewandt, sie sieht nur noch die hervortretenden Muskeln, die nach der Anstrengung unter der noch weißen Haut eines Spätfrühlings erschlafft sind. Ja, manchmal, wenn sie ihn in den Kirchen aufsucht, vergisst sie, dass Jesus tot ist, sie vergisst es rätselhafterweise so vollständig, wie man beim Hören einer Messe von Bach vergisst, dass Gott nicht existiert.

Christus ist ein schöner Mann, der leidet und sich uns hinzugeben scheint. Aber trotzdem, ist das etwa ein Mann, den man glücklich machen kann? Sie glaubt es nicht. Und darum bleibt ihre Verehrung diskret und distanziert. Natürlich besitzt Jesus alle männlichen Attribute – Muskeln, Bart, Kraft und Mut, sogar dieses männliche Geschlecht, das sittsam von einem Stoff verdeckt wird, sobald er dem Säuglingsalter entwachsen ist. Er ist ein Mann, ein Menschensohn. Aber er ist ohne Frau, ohne Begehren nach der Frau, man sieht sogleich, dass er einen nicht in die Arme nehmen wird, nie, weder vor noch nach der Folter, oder dass diese Umarmung, sollte er es wie durch ein Wunder doch tun, eiskalt wäre, und nichts weiter geschähe, damit Jesus meine Freude bleibe. Er ist ohne Frau, ohne Familie – dieser Sohn, der ein Vater ist, dieser Sohn, der nie Vater sein wird, dieser Gott der Liebe, der nie verliebt ist. Sie glaubt nicht daran. Er hat sein Leben für sie hingegeben? Für sie nicht. Ihr hat er nichts gegeben, nur diesen versteinerten Körper zur Betrachtung vorgezeigt, außer Reichweite, diesen kaltblütigen Körper – *rühren Sie mich nicht an.*

Sie macht stets einen Umweg über die Kirche, wohin sie auch geht, um Christus anzusehen, den Körper Christi. Sie weiß um die Macht, die er auf die blinden Herzen und die Augen, die sehen, ausübt. Sie bedauert die unglücklichen Frauen, die ihn einseitig lieben, die Verwirrten, die sich einbilden, dass er für sie gestorben sei, weil man über die Schönheit und das Leiden hinaus die Form der Abwesenheit sieht: Dieser allerorten ausgestellte Körper zeigt keine Liebe. Dass man sich wohl fühlen kann an seiner Brust, in seinen Armen, das ist unmöglich – sie glaubt nicht daran. Da ist keine Brust, auf die man seinen Kopf legen kann, keine Schulter, um seine Seele auszuruhen, alles eitel, nur eitel.

DER GELIEBTE, DER EHEMANN

Nach dem Bruch mit dem Geliebten weint sie zwei Jahre lang. Das ist kein Bild, um ihren Kummer auszudrücken: Sie weint wirklich, jeden Tag – nicht unbedingt allein in ihrem Zimmer oder in der Einsamkeit: Auch im Restaurant, wohin sie ihr Mann abends führt, um sie etwas abzulenken, weint sie und hört nicht mehr auf zu weinen – die Tränen rinnen in den Teller und geben allem diesen Salzgeschmack, den die Luft am Meer hat.

Der Ehemann hat Lust, sie umzubringen. Dem Augenarzt, der sie fragt, wie es zu dieser Netzhautablösung gekommen sei, antwortet sie, sie hätte einen Unfall gehabt. Er operiert sie mit Laser und rät ihr, keine Linsen mehr zu tragen, denn, sagt er, sie habe keine Tränen mehr.

Der Geliebte antwortet nicht auf ihre Briefe, und als sie ihn im Gymnasium auf einer Türschwelle am Arm packt, befreit er sich wortlos von ihr. Sie weint, sie erinnert sich an alles, was er gesagt hat, was er sagte: *Ich liebe dich*, und auch *Ich liebe dich nicht*. Die Tränen bilden einen Regenvorhang, hinter dem die beiden Sätze zu einer Landschaft zu verschwimmen drohen.

Sie versteht nicht, wie das möglich ist. *Ich liebe dich*, dann *Ich liebe dich nicht*, aus demselben Mund, dann in derselben Stille.

Ich liebe dich.

Ich liebe dich nicht.

Der Geliebte hat keine Worte. Er ist ein Mann ohne Worte. Sie schreibt Liebesbriefe, sie möchte verstehen – wo liegt die Wahrheit. »Ich möchte mit dir reden«, sagt sie zu ihm.

Der Geliebte antwortet nicht, er ist kein Mann der Worte.

Sie schreibt Liebesbriefe, sagt, sie sei unglücklich. Der Geliebte antwortet nicht: Er ist nicht dafür verantwortlich. Auf die Briefe, die sie schickt, und die Liebe, die sie anbietet, gibt es keine Antwort – sie spricht nicht seine Sprache.

Eines Nachmittags gibt es im Lehrerzimmer Pfefferminztee. Sie hat die ganze Nacht auf dem Rücksitz im Wagen geweint. – »Geh«, hat ihr Mann geschrien, »hau ab, sonst bringe ich dich um.« Sie hat gesehen, wie es morgen wird, wie sich das Morgengrauen im Rückspiegel langsam rötet – ich liebe dich – ich liebe dich nicht. Der heiße Tee wird eingegossen, dampft in den Gläsern, das Tablett geht herum. Ihr Mann packt eins mit den Fingerspitzen und schmeißt es dem Geliebten ins Gesicht – »it's your cup of tea, I guess«, sagt er und geht hinaus, ohne sie anzusehen, die zur Salzsäule erstarrt. Der Geliebte krümmt sich beleidigt, er trocknet den Tee auf den Wangen mit einem Papiertaschentuch, es sieht aus wie Tränen.

Sie weint zwei Jahre lang, noch nachdem er fortgezogen ist, weint sie weiter. Dann ist sie schwanger mit ihrem ersten Kind – jenes, das sterben wird, aber das weiß sie noch nicht –, erst da vergisst sie den Geliebten, den verantwortungslosen Geliebten. Der Geist weigert sich, die Entfernung zurückzulegen, die die Liebe vom Ekel und den Geliebten von ihr trennt. Ich liebe dich, ich liebe dich nicht: Die Seele beugt sich diesem unlösbaren Rätsel, der Körper akzeptiert, dass es darauf auch keine klarere Antwort gibt als auf dieses andere Mysterium, das alle anderen löst: Ich bin lebendig, und auf einmal bin ich tot.

In einem Roman würde die Szene ein anderes Ende nehmen, Jahre später, er würde von der Geduld und dem Vergessen sprechen, vom Lauf der Zeit, ihrem Konvoi von Wagen, zwischen deren Wänden sich die widersprüchlichsten Ereignisse, die widersprüchlichsten Worte hermetisch verschließen. Nichts stimmt mit nichts überein, nichts passt zu nichts, jeder Augenblick steht für sich, kein Wort hat eine Entsprechung: Eines Morgens, als ihr Mann heißes Wasser in das Fläschchen der Kleineren füllt, wird sie von einem Lachkrampf gepackt, sie lacht und kann nicht mehr aufhören, sie lacht Tränen, und zwischen zwei Schluchzern sagt sie zu ihrem verwunderten Mann: »Weißt du noch, der Tee des Geliebten?«

DER SOHN

Sie hat einen Sohn gehabt. Er ist gestorben. Wenn man sie
fragt, ob sie Kinder hat, gibt sie dieselbe Antwort wie ihre
Mutter, sie sagt: »Ich habe zwei Töchter.« Am Anfang war
sie genauer, erwähnte diesen Sohn. Sie tut es nicht mehr,
die Leute nehmen es schlecht auf. Sie hat aufgehört damit, sie spricht nicht mehr davon.

Allen Frauen fehlt das Kind – ob sie nun schon sechs
oder sieben oder gar keines haben. Es fehlt den Frauen,
die keine Kinder wollen, jenen, die nie welche haben
werden, für nichts auf der Welt, jenen, die davon träumen,
jenen, die welche machen, jenen, die welche wollen. Es
fehlt den Frauen, die abtreiben, die es nicht behalten,
jenen, die es verlassen, verweigern, jenen, die adoptieren,
die sich dafür entscheiden, die hoffen. Es fehlt den
schwangeren Frauen, den unfruchtbaren Frauen, den
Frauen, die keine mehr haben können, den alten Frauen.

Das Kind ist da und doch nicht da, es kommt und geht
wie die Spule, die davonrollt und wiederkommt. Man gewöhnt sich an seine Abwesenheit. Für sie ist es ein Sohn.
Für andere eine Tochter. Aber es existiert. Alle Frauen
haben so ein Kind.

Es fehlt auch den Männern. Dieses Kind, dieser Sohn, dieses Doppel ihrer selbst, diese Zukunft ihrer selbst – das Blut, das Gesicht, der Name –, alles fehlt ihnen, selbst denen, die sich davor hüten, die sich rechtzeitig zurückziehen, die einen überziehen, die sich nicht darum scheren, die zu viel Arbeit haben, die nein sagen, die das Schreien nicht ausstehen können, das Weinen, die Bindungen, das Festlegen, die keine Kinder ertragen – es fehlt allen Männern, selbst jenen, die sie töten. Alle Männer sind Väter.

Damit Sie recht verstehen: Sie hat zwei Töchter, die sie abgöttisch liebt. Aber jenes Kind, das fehlt und immer und allen fehlen wird, ist auch ihres. Sie hat einen Sohn. Er ist es.

DER EHEMANN

Er war den ganzen Tag unterwegs und kommt doch zu
spät: Das Kind ist bereits da, das Kind ist bereits tot. Er
tritt ins Zimmer, wo sie auf ihn wartet, wo sie nur noch
auf ihn wartet, sie streckt ihm die Arme entgegen, er
kommt, er ist da, sie hält sein lebendiges Fleisch im Arm.

Als sie miteinander schliefen, Monate zuvor – am Rande
des Abgrunds –, verschmolzen ihre Münder, ihre Finger,
ihre Bäuche miteinander, sie vermengten Gesichter und
Glieder, und ihre Lust schrie nach einem Wunder: Sie
machten ein Kind.

Die Lust war unbegreiflich. Der Tod nicht. Der Tod läßt
sich begreifen.

Wir werden alle, heißt es, von zwei unbekannten Mo-
menten umgetrieben: dem unserer Herkunft und dem
unseres Endes. Verwandte Momente, wie es die Körper in
der Umarmung sind, der Mann und die Frau, die Lust
und der Tod. Sie erinnert sich an die geweihte Formel, zu
der sie einst ja gesagt haben: in guten wie in schlechten

Zeiten. Alles kommt zu zweit daher, sie gehört zu ihrem Mann wie er zu ihr, dem Doppel, sie gehören zusammen.

Als der Mann sie in der Leichenhalle unterfasst, während sie das tot geborene Baby wiegt, weiß sie, dass sie nie einem anderen Mann näher sein wird als ihm, nie, und sollte sie Tausende kennen lernen, die Distanz ist auf einmal zu einem Nichts geschwunden, und ihre Körper sind ineinander verschlungen, wie man es mit der Erde ist, oder mit der Nacht.

DER ARZT

Der Arzt versichert, es sei alles in Ordnung, es gebe keinen Grund zur Sorge, es sei keinerlei Behandlung notwendig; er wendet die Augen ab von ihrem Gesicht, von ihrer Angst, ihrem Vertrauen. Zwei Stunden später ist das Kind tot; nicht er teilt es ihr mit, sondern eine Krankenschwester: Das Kind (nicht *Ihr* Kind, *das* Kind, Sie wissen schon, »jenes, das nicht spricht«, das Kind, Sie wissen schon, jenes, das keine Zeit hatte, Ihres zu sein), das Kind ist tot.

Der Arzt hat ein glänzendes Studium absolviert in derselben Stadt wie sie. Er ist vier Jahre jünger als sie, er muss in der sechsten gewesen sein, als sie in der zehnten Klasse war, aber er war vielleicht in Saint-Jean, nicht in der öffentlichen Schule – sie kann ihn sich gut als Katholiken vorstellen, ja, bestimmt ist er katholisch: Der Sohn ist dazu bestimmt zu sterben und die Mutter, es zu akzeptieren, mater dolorosa. Es wurde ihm nicht beigebracht, was zu tun ist, wenn das Kind stirbt, was man dem Vater und der Mutter sagen muss, das kam in seinen Vorlesungen nicht vor, also weiß er es nicht. Er improvisiert auch nicht, es ist ein strenger, ordentlicher, methodischer Arzt, wie sein Vater vor ihm in derselben Klinik.

Nach der Beerdigung geht sie zu ihm, sie macht einen Termin in seiner Sprechstunde und geht zu ihm, man kann nicht einfach so auseinander gehen, ohne ein Wort, ohne zu verstehen.

Aber er hat nichts zu sagen, nichts. Wenn sie die Unterlagen möchte, muss sie sich an einen Kollegen wenden – die Kranken haben keinen direkten Zugang zu ihren Unterlagen. Er spielt mit einem Brieföffner aus ziseliertem Metall.

Die Kranken.

Sie ist nicht krank. Sie ist unglücklich.

Als er aufsteht, um das Gespräch zu beenden, taucht ein Bild vor ihren Augen auf: Sie wischt mit dem Handrücken alles von seinem Arbeitstisch außer dem Stilett, stößt ihn über die lackierte Tischplatte und vergewaltigt ihn, da, so, brutal, warum, warum? Damit er ihr wieder eins macht, ganz einfach, um wieder ganz zu machen, was er kaputtgemacht hat, um es wieder gutzumachen, so ist es, weil sie ihr Kind will, ja, damit er es ihr zurückgibt, er ist blond und bleich, er hat bestimmt Kinder, die ihm ähnlich sehen, die dem Kind ähnlich sind, dessen Augen sie nicht kennt.

Sie geht hinaus. Ihr Mann erwartet sie draußen, sie wollte nicht, dass er mitkam, er hätte nicht ruhig bleiben können. Sie weint in seinen Armen, sie weint aus Scham, sie fühlt sich wie tot.

Zuerst wird sie von diesem Bild verfolgt, einem schändlichen, unaussprechlichen, barbarischen Phantasma: Sie sieht sich gewaltsam auf ihm sitzen, und sie sieht die Erde, die umgepflügt, besät wird. Dann sieht sie die Szene klarer, sieht das Befreiende daran: Sie dringt bei diesem ent-

195

setzlichen Körpergerangel in ihn ein, sie ist auf ihm, brutal, die Waffe schwenkend, die Macht der Männer, rammt den Spaten hinein, der in ihm dieses rottönerne Loch öffnet, sie ist es, die in diesem wilden Kampf zerstört, kaputtmacht, wütet. Da ist nichts mehr gutzumachen, nein, dieser Mann da kann nichts retten, nichts geben, nichts schenken, also tötet sie ihn, so, sie tötet ihn, tötet ihn, tötet ihn.

DER GROSSVATER. DER VATER. DER SOHN

Sie ist zum ersten Mal schwanger, es bleibt kaum ein Monat bis zur Geburt, es ist ein Junge. Sie macht mit ihrer Mutter Besorgungen, sie sitzen im Auto und unterhalten sich über die Babyjäckchen, die sie gekauft haben. Ihre Mutter muss sich einem unterschwelligen und geheimen Gespräch hingeben, denn plötzlich sprudelt es hervor wie ein Bach aus der Erde:

»Zu meiner Zeit war es im Grunde schwierig, ein Mädchen zu sein. Ich habe meinen Vater zwar geliebt, er hat mich immer sehr verwöhnt, ich war sein Liebling; aber weißt du, wenn ich es recht bedenke, so hat er mich behindert. Er hat mich wirklich behindert. Ich war zum Beispiel sehr gut in Leichtathletik, in hundert Metern schlug ich alle, ich hätte ein Star werden können, ein bisschen wie Colette Besson; ich wurde für die französischen Meisterschaften ausgewählt, verstehst du, ich war gut – aber dazu hätte ich natürlich nach Paris gehen müssen, und mein Vater wollte das nicht. Er sagte, das sei nicht mein Platz, ein Mädchen solle seine Beine nicht zeigen, die Männer kämen nur deswegen ins Stadion, um die Mädchen in Shorts zu sehen. Und dabei war er ein Sportler, ein leidenschaftlicher Rugbyspieler; aber für mich, nein, das wollte er nicht.

Und dann, weißt du, nehme ich ihm auch meine Heirat übel. Ich war in meinen Cousin Georges verliebt – nein, du kannst nicht wissen, wer es ist, ich habe ihn selbst nie wieder gesehen, seit mehr als vierzig Jahren –, ein entfernter Cousin meiner Mutter, ich frage mich, was aus ihm geworden ist, manchmal habe ich Lust, ihm zu schreiben, ich weiß, dass er in Lille wohnt, aber besser ist wohl nicht, am Ende ist er schrecklich geworden, die Männer verändern sich so, sie bekommen einen Bauch, verlieren die Haare, mit André hatte ich Glück, aber oft geben sie sich keine Mühe, meinst du nicht auch? Ich will sagen: Für uns geben sie sich keine Mühe; nun also, zu jener Zeit war er wunderbar, ich war sehr verliebt in ihn – meine erste Liebe. Aber er hatte nicht sehr lange studiert, er war Handelsvertreter. Darum wollte mein Vater das nicht.

Er war im Grunde ziemlich hart.

Mein Vater bedeutete mir alles. Aber ich bedeutete ihm nicht alles.

Die Männer sind freier, findest du nicht? Es ist gut, dass du einen Jungen bekommst – es ist besser. Auch wenn es heute anders ist. Ich hätte wirklich auch gern einen gehabt – und dann wollte dein Vater unbedingt einen, er wird zufrieden sein, bald einen Enkelsohn zu haben, nicht?, er wollte unbedingt. Vielleicht wäre alles besser gegangen mit einem Jungen, vielleicht hätte mich dein Vater geliebt, mit einem Jungen.

MIT IHM ALLEIN

Es ist nicht zu fassen: Gerade eben wollte ich Ihnen etwas über die Männer und mich sagen, ich hatte diesen Gedanken, war vielleicht nicht wichtig, aber mir lag daran, und zack, weg ist er, unmöglich, mich zu erinnern.

Ich überlege, ich überlege wirklich, er ist nicht weit, aber ich bekomme ihn nicht zu fassen, ärgerlich dieses Blackout – es ist mir entwischt.

Es ging um den Unterschied zwischen den Männern und mir, warum ich selbst in den Augenblicken, wo es mir gut geht, wo ich mich mit keinem von ihnen in Konflikt befinde, wo ich mich sogar mächtig fühle, warum ich dann trotz allem den Unterschied körperlich empfinde: Darüber wollte ich etwas sagen.

Weil ich nämlich ziemlich oft das Gefühl habe, ein Mann zu sein – ich will damit sagen: Ich fühle mich nicht weiblich im klassischen Sinn; eher männlich im Prinzip. Vielleicht weil ich die Attribute ihrer Macht besitze: die berufliche Tätigkeit, das Schreiben, Veröffentlichungen, Autonomie. Oft reagiere ich wie sie, sogar wie eine Karikatur von ihnen – diese Abneigung gegen das Flirten, diese Neigung, die Initiative zu ergreifen, den ersten Schritt zu tun, das passt genau auf ihre Linie, in die Tradition jedenfalls.

Mir wurde eine Anekdote über mich erzählt. Offenbar hat einer meiner Kollegen, als es sich auf meiner Arbeit herumsprach, dass ich schwanger war – also vor fast zehn Jahren –, ein Typ, den ich seit Jahren kannte, mit dem ich mich recht gut verstand, ausgerufen:»Ach wirklich? Dann hat sie also tatsächlich Eierstöcke?«
Das ist doch lustig.

Aber das wollte ich eigentlich nicht sagen, das nicht. Ach, es ist ganz nah und doch unmöglich zu fassen, ich schaffe es nicht.

Nein, wirklich nicht: Es ist mir entfallen, für immer.

Ich habe ein Loch.

DER PSYCHIATER

Sie sucht ihn auf, weil sie ihr Kind verloren hat – ihr erstes Kind. Niemand hat ihr sagen können, warum genau, aber es kam tot auf die Welt. Sie hat es in Frankreich beerdigt, dann ist sie hierher zurückgekehrt, in die fremde Gegend, allem fremd. In ein Land in Afrika, wo die Kinder jeden Tag zu Tausenden sterben, also weint man nicht groß – außerdem glauben alle an Gott, dass alles in Gottes Hand liegt.

Es gibt nur einen Psychiater in der ganzen Stadt, was einleuchtet. Sie hat also keine Wahl, sie geht zu ihm.

Das Wartezimmer quillt über von Leuten – mindestens dreißig Personen, sie sitzen am Boden, stehen, den Kopf an die Wand gelehnt, oder machen sich auf den Sofas breit. Sie bleibt beim Eingang stehen, neben der Tür, ein Mann sagt zu ihr, sie solle sich die Haare bedecken. Die Frauen jammern, ringen die Hände, mit irrem Blick, mit diesem Wahn darin, der nach Groll aussieht, man nimmt es ihnen übel, aber was? Schwer zu sagen.

Man zieht sie allen anderen vor, die Sprechstundenhilfe holt sie als Erste, weil sie weiß ist, weil sie telefonisch einen Termin vereinbart hat, und außerdem ist sie nicht verrückt, sie versteht, dass die Leute da sind, um zu warten, auf jeden Fall sind sie es gewohnt, für sie ist es ein Tag des Wartens in einem Leben des Wartens, so vergeht die Zeit und vergehen beinahe die Beschwerden, sie haben nichts anderes zu tun.

Der Psychiater hat als Student zwei Jahre in Reims gelebt – sie kennt die Gegend nicht. Champagner, sagt er. Ja, natürlich, den Champagner kennt sie. Er fragt sie, wo sie geboren sei, sie sagt es ihm. Was führt sie her, was verschafft ihm die, was kann er für sie tun?

Sie erzählt. Zum ersten Mal, seit es geschehen ist, wird sie von ihrer Erzählung nicht aufgewühlt, bleibt sie ganz ungerührt, sie fühlt sich wie eine schlechte Schauspielerin in einer minderwertigen Rolle. Er sagt zu ihr, ja, natürlich, er versteht – aber so schlimm ist das auch wieder nicht, man muss darüber hinwegkommen, sie wird es schaffen, er wird ihr dabei helfen: Es gibt hier dieselben Behandlungsmöglichkeiten wie in New York oder Paris, sie soll sich keine Sorgen machen.

Er sagt nicht, dass sie andere Kinder haben wird, er sagt, Kinder sind nicht das Einzige im Leben einer Frau. Er spricht von seiner Vergangenheit in Frankreich, er geht zu einem Schrank, nimmt ein broschiertes Buch heraus – seine Dissertation mit einem Glückwunsch von Henri Ey, er zeigt es ihr, sie liest.

Henri Ey, ein großer Psychiater – er geht davon aus, dass sie ihn kennt.

Als sie geht, mit ihrem Rezept in der Hand, nimmt er sie in die Arme, fast väterlich kommt es ihr vor, ohne ihren Mund zu suchen, aber er hält sie, sie spürt seine Lippen in ihren Haaren. Sie muss an ihren Vater denken, der zur Zeit seiner Scheidung die seltenen Briefe, die er ihr schrieb, schloss »Mit einer väterlichen Umarmung«. Es ist ein bisschen so. Aber wenn sie wollte, wäre es anders, sie müsste nur wollen. Er rückt etwas von ihr ab, aber hält sie immer noch, die Entscheidung liegt bei ihr. Sie sieht genau, dass er das alles satt hat, diese Leute im Wartezimmer, die Verrückten, die Hysterischen – da schreit eine, ja, sie schreit –, es wächst ihm über den Kopf, jeden Tag dasselbe, die ganze Zeit, er kann nicht mehr, er würde sein Leben gern ein wenig ändern, anders leben, anderswo, oder dann hier mit ihr, sie sieht normal aus, und außerdem ist sie blond.

Einen Augenblick zögert sie, sie zögert, ihm den Gefallen zu tun. Und dann nein. Zu viele Leute warten auf ihn, sie fühlt sich nicht in der Lage, ihn das vergessen zu machen, oder hat keine Lust, sie zu vergessen, nicht die Kraft. In der Apotheke unten im Gebäude gibt sie das Rezept ab. Sie haben alles.

MIT IHM ALLEIN

Zu jener Zeit ging es mir sehr schlecht. Ich war vollkommen allein: war weder Mutter noch Geliebte, hatte kein Kind mehr und keinen Geliebten: Ich hatte mich nicht einmal zwischen der Mutter und der Hure zu entscheiden, alle Rollen waren von anderen besetzt – von anderen Frauen, die ihre Kinderwagen durch die Parks schoben oder meinem Mann auf der Straßen begegneten.

In jenem Jahr – fast zwei eigentlich, seit dem Tod meines Sohnes bis zur Geburt meiner Tochter –, in diesen Jahren machte ich eine eigenartige, eine besondere Erfahrung: Plötzlich gab es keine Männer mehr – keinen einzigen. Ich selbst war keine Frau mehr, sondern der Graben, in den alles gefallen war, das Loch. Die Erde war leer.

Vorher schaute ich die Männer an, ich verbrachte den wachsten Teil meiner Zeit damit. Wenige merkten es, wenige wussten es. Es war ein Geheimnis – ich liebte sie insgeheim. Mein Mann war immer sichtbar, sichtbar auf der Lauer, fiebrig – er wollte es verheimlichen, aber ich sah seine Lust, wie man sich in einem Spiegel sieht.

Und dann hat sich die Erde mit einem Schlag geleert. Selbst mein Mann ist fast völlig aus meinem Blickfeld verschwunden, ich behielt von ihm einen zerstückelten, auf seine sexuellen Funktionen reduzierten Körper, Teile des Körpers, die es mit den Trümmern des meinen zusammenzuflicken galt, um zu versuchen, ein Ganzes zu bilden, wieder einen Mann zu machen, einen Sohn.

Ich war verrückt. Verrückt vor Schmerz, verrückt vor Hoffnung: einen Mann zu machen.

Was aus meinem Mann geworden ist in den zwei Jahren? Ein Glied und Sperma, ein Samenspender, mehr nicht: Ich brauchte ihn, um den Mann zu machen. Er ist in die Anonymität gefallen, ins Nichts.

Zwei Jahre lang gab es keinen Mann mehr außer dem, den ich machen würde.

Zwei Jahre lang gab es keine andere Lust als die auf ein Kind.

Einen Mann in die Welt zu setzen, ist das der Triumph der Frauen? Das männliche Geschlecht in ihrem Bauch ihre Herausforderung, ihr Wahn?

Es ist ein Mädchen geworden. Mit ihr kehrten die Männer wieder, ihre Augen, ihre Arme, ihr Gesicht – und mit ihnen die Bescheidenheit meiner Lust: Ich habe begriffen, was ich hätte wissen müssen: Die Frauen entscheiden nicht über die Männer; es sind nicht die Frauen, die Männer machen.

DER EHEMANN

Der Ehemann liebt die Frauen. Er braucht Frauen wie sie Männer brauchte, früher, als die Männer noch existierten. Er verzehrt sich nach ihnen. Sie kann es ihm nicht vorwerfen, denn diese Liebe ist es, die sie auf den ersten Blick an ihm liebte, die sie wiedererkannt hat. Sie liebt diese Liebe, auch wenn sie dabei übergangen wird, denn indem sie sie übergeht, schließt sie sie mit ein.

Der Ehemann springt sofort an – sie hat ihn oft beobachtet –, es braucht fast gar nichts, eine Winzigkeit, er kann in einem Tropfen Wasser ertrinken. Sie sieht es manchmal vor ihm, dass er ertrinken wird, sie kennt ihn wie ihre eigenen Reflexe, ihren Schatten.

Zu Beginn ist sie eifersüchtig (sie hat davon geträumt, für immer dieses Nichts zu sein, das erfüllt). Dann war sie es nicht mehr, aber sie leidet auf diese besondere Weise wie Menschen in Katastrophen, die Seite an Seite sterben und ganz mit ihrem eigenen Tod beschäftigt sind: Ihr Schicksal mag dasselbe sein, doch es gibt kein Band mehr zwischen ihnen. Wenn es schief geht, was vorkommt (es kommt vor, dass der Ehemann abgewiesen wird), hat sie nicht wirklich die Zeit, ihr Mitgefühl, im strengen Sinn des Wortes, walten zu lassen – sie möchte sagen: Schau mich an, ich bin genauso, schau mich an, ich bin dieselbe. »Du hast keine Ahnung«, sagt er, den Kopf in den Händen, »du hast ja keine Ahnung.«

Sie hat sehr wohl eine Ahnung. Was er nicht weiß: dass sie dasselbe Mysterium gesucht, hinter derselben Beute hergejagt ist.

Sie weiß. Er weiß nicht: dass es nichts bringt, dass es nicht der Mühe wert ist.

Während der zwei Jahre, in denen die Erde leer ist, besteht der Ehemann nur noch aus einer leidenden Lust, ist ein verlorener Körper auf der Suche nach leidenschaftlichen Körpern. Er denkt an nichts anderes mehr, er kann es zugeben, hinausschreien, sie hört ihn sowieso nicht, er braucht Frauen. Ist es eine Krankheit, wie es offenbar bei Simenon, Chaplin der Fall war? Er fragt es sich. Die sexuelle Anziehung, sagt er, ist wie eine Geisteskrankheit: Man braucht nur zu sehen, womit die Verrückten in den Kliniken die Zeit verbringen. Die Sexualität ist ein Irrsinn, wenn sie trennt, statt zu vereinen, und den Mann in den Wahn seiner Einsamkeit zurückschickt.

Zwei Jahre lang hat der Wahnsinn die Oberhand. Sie sind alle beide verrückt: Sie nach dem einen, er nach allen.

Sie ist eifersüchtig gewesen. Sie ist es nicht mehr, seit sie ihr totes Kind auf dem Arm gehalten hat, diesen ersehnten, diesen gewünschten Körper. Sie hat keinen religiösen Glauben, aber in dem Augenblick, in dem sie gegen den Untreuen aufbegehren will, überkommt sie eine Sanftheit, eine Nachsicht gegenüber den armen Sünden, in denen sich nur Unschuld ausdrückt. Sie glaubt nicht an die Seele, keineswegs; sie hat Mitleid mit den Körpern.

DER PASSANT

Sie ist im achten Monat schwanger und geht langsam, alleine, den Gehsteig entlang. Der Passant holt sie ein, verlangsamt dann seinen Schritt, um neben ihr zu bleiben. Wie schön es heute ist, aber heiß, ja, wirklich heiß! Sie geht bis zur Ampel, bleibt unbeweglich am Straßenrand stehen, das Kinn in die Höhe gereckt, den Blick auf den Mann gerichtet, der darauf wartet, dass es Grün wird. Sehr hübsch, diese Bluse mit den Blumen, sie steht ihr sehr gut, was sind es genau – Tulpen, Rosen? Sie geht über die Straße und beschleunigt den Schritt, der Passant holt sie ein, ihre Arme berühren sich, sie rückt ab. Ach, was für eine Hitze! Eine kleine Cola könnte nichts schaden, hm? Oh ja, das ist eine gute Idee, er lädt sie zu einem Glas ein, er kennt ein ruhiges Café ganz in der Nähe, einverstanden?

Sie bleibt abrupt mitten auf dem Gehsteig stehen, vor einer Palme, und sagt, ohne ihn anzuschauen, er solle gehen, sie in Ruhe lassen.

Da drückt er ihr, bevor sie ihren Weg fortsetzen kann, seinen Zeigefinger hart und bestimmt in den Bauch und sagt mit scharfer Stimme: »Und das da, das hast du wohl mit Sonnenenergie gemacht?«

DER VERGESSENE MANN

Der Vergessene fällt ihr wieder ein, als sie *Le Monde* liest; eine Verwechslung ist kaum möglich, Name wie Vorname sind nicht sehr geläufig, und als sie ihn kennen lernte, beendete er gerade das Studium, das ihn zur Ausübung des im Anzeigenteil erwähnten Berufes berechtigte.

Sie lernte ihn über einen Freund kennen, seinen Cousin. Er ist von einer klassischen Schönheit, die allen gefällt, und verachtet alle Frauen seiner Umgebung ohne Unterschied. Wann immer es geht, vermeidet er ihre Gesellschaft: Er findet sie ganz allgemein dumm, frivol, hysterisch und – das gilt nicht für sie – den Männern eindeutig unterlegen.

Als sie ihn ein bisschen besser kennt, erklärt er ihr, dass er in seinem Leben nur ein einziges Mal verliebt gewesen sei, vor langer, sehr langer Zeit – wie alt er da war? – acht Jahre alt.

Er hätte sie gern wieder gesehen, das kleine Mädchen, aber er fand ihre Spur nicht mehr, sie muss den Namen geändert haben, das ist das Problem mit den Mädchen, sie verändern sich und gehen verloren.

Eines Abends sitzt sie neben ihm auf dem Sofa, sie streckt die Hand aus und berührt ihn leicht an der Schulter. Da stürzt er sich augenblicklich auf sie, drückt sie an sich, zieht sie mechanisch aus, ohne sie zu küssen, reibt sich an ihr, sie fühlt die raue Wolle auf ihrer nackten Haut, den Körper in seiner Kleidung, der nervös und ohnmächtig zusammenzuckt. Dann, nach einer Viertelstunde, als sie ihm freundlich zulächelt (ist nicht schlimm), steht er auf, nimmt seinen Mantel und sagt zu ihr: »Nein, es ist nicht schlimm; es ist nur, dass ich es nicht gewöhnt bin …, nun, mit Huren zu schlafen, siehst du, das bringt mir nichts, Huren, da kriege ich keinen hoch.«

Als sie in der Zeitung auf seinen Namen stößt, ist er bereits seit langer Zeit aus ihrem Gedächtnis verschwunden. Eine Frau erinnert daran, dass er »an jenem Tag freiwillig aus dem Leben geschieden war«. Das ist genau der Tag, an dem sie drei Jahre zuvor ihre Tochter zur Welt gebracht hatte – genau dasselbe Datum, derselbe Jahrestag. Sie denkt an den Hass auf die Frauen, den die Männer manchmal haben, an diesen Kampf, der sie einander gegenüberstellt und den nur einige wenige, auf der einen wie auf der anderen Seite, eventuell überleben können (dann sieht man sie die Straßen entlanggehen, mit bösen Augen und verbittertem Mund). Sie fragt sich auch, wie er es gemacht hat, ob er sich aufgehängt, vergiftet, ertränkt hat – das könnte sie sich gut vorstellen, ja, sie sieht, wie er sich in die Seine wirft, an jenem Märztag, sie sieht ihn nicht ohne Bewunderung meisterhaft vollbringen, was die Frauen oft nicht schaffen, und wie er so einen allerletzten Sieg über sie davonträgt.

MIT IHM ALLEIN

Ich habe gestern ein Interview mit einem Biologen gelesen, einem Genetiker wahrscheinlich. Ich saß im Zug, und es hat mich noch lange beschäftigt ... Er behauptet, dass der Kinderwunsch ausschließlich weiblich sei, dass ihm in seiner ganzen Laufbahn kein einziger Mann begegnet sei, der selbst von diesem Wunsch bewegt war, dass die Männer beispielsweise bei der künstlichen Befruchtung oder der medizinisch unterstützten Zeugung im Hintergrund bleiben, im Schlepptau, dass sie nur kommen, um ihrer Frau einen Gefallen zu tun, während ihnen die Lust zu fliehen ins Gesicht geschrieben steht.

Und Sie, glauben Sie das? Glauben Sie nicht, dass genau das Gegenteil der Fall ist? Dass die Männer den Frauen Kinder machen wollen? Dass sie einem endlosen Traum von Fruchtbarkeit, Befruchtung nachhängen? Liebe machen, ein Kind machen, das ist ein bisschen dasselbe, zwangsläufig, nicht? – Es ist dasselbe Syntagma. Mit wollen verhält es sich genauso: einen Mann wollen, eine Frau wollen, ein Kind wollen: Sie sehen, wie die Grammatik manchmal schockierend sein kann, aber auch aufschlussreich.

Ich habe das bei meinem Mann oft gespürt, aber auch bei Unbekannten: Dass ich über mich hinaus gewollt wurde, in Perspektive gesetzt.

Und sehen Sie, meiner Meinung nach, wenn die Männer ihre Frau wegen einer Jüngeren verlassen (mein Mann, als ich ihm begegnete zum Beispiel), dann nicht, weil sie einen Hängebusen oder den Hintern so oder so haben – nein. Die Männer verlassen ihre Frau, weil sie keine Kinder mehr haben kann.

DER REISENDE

Dieser Mann mit den grauen Haaren, etwas korpulent, der ihr während der langen Stunden einer langen Zugreise auf der andern Seite des Ganges gegenübersaß und sie, als sich im hinteren Teil des Wagens die verschlafene Stimme eines kleinen Mädchens erhob, das *Bruder Jakob* sang, für einen Augenblick, mit einem Lächeln ansah, in dem gleichzeitig Wunsch und Zärtlichkeit aufblitzten, ein Blick, den sie noch nie gesehen hat, weder bei einem Geliebten noch bei ihrem Ehemann.

DER EHEMANN

Eines Tages kehrt er von seinem Vorortgymnasium zurück, wo er seit ihrer Rückkehr nach Frankreich Englisch unterrichtet; es ist März, sie hat Mutterschaftsurlaub, sie arbeitet nicht und lebt in der Angst vor der kommenden Geburt – ein Mädchen, sie weiß es, ein zweites Mädchen. Er hängt seinen Mantel an die Garderobe. »Aber was hast du denn auf dem Rücken, was ist das denn? Zeig mal …« Er kommt näher. Sein helles Wolljackett ist übersät mit blauen und schwarzen Flecken – Tinte, es ist Tinte. Er zieht es aus und betrachtet es lange ungläubig, dann lässt er sich auf das Sofa fallen, nimmt den Kopf in die Hände. Seine Schüler haben ein einfaches und leises Mittel gefunden, sich zu amüsieren: Wenn er etwas an die Tafel schreibt oder durch die Reihen geht, um ihnen einzeln zu helfen, schleudern sie wie bei einem Dartspiel mit einer raschen Bewegung aus dem Handgelenk einen Schuss aus ihrem Füllfederhalter auf seinen Rücken.

Am nächsten Tag redet er ein ernstes Wort mit der Klasse, er spricht von Erniedrigung, Verachtung, Toleranz und Respekt gegenüber dem anderen, er sagt, man dürfe den Nächsten nicht beschmutzen – nie, auf keine Weise.

Als er nach Hause kommt, denkt er gar nicht daran, den Rücken seines Jacketts anzusehen. Sie ist es, die als Erste die Flecken sieht. Sie wagt es ihm nicht zu sagen, sie ist ganz verstört, sie fürchtet, diese Prüfung würden weder sie noch er unbeschadet überstehen.

Ihr Mann lehnt jeden Kompromiss ab, er erklärt den Krieg, ohne einen Fingerbreit nachzugeben, seine Würde steht auf dem Spiel: Nein, er wird sich nicht anders kleiden, auch nicht, wenn seine Eleganz diesen Hass auslöst, er wird nichts ändern – eben: *Er wird sich nicht ändern*, das hieße die Negation seiner selbst zu akzeptieren, den Rücken zu beugen angesichts der Intoleranz, die ihn zur Neutralität erniedrigen will, die will, dass er die Uniform überstreift, in der Masse aufgeht, und in was für einer Masse, nein, er wird seine in London gekauften Maßanzüge und die Krawatten nicht gegen T-Shirt und Jeans eintauschen, er wird sich selbst treu bleiben, was immer es ihn kosten mag (»die Rechnung für das Bügeln«, sagt er und zwingt sich zu einem Lachen), das ist die beste Lektion, die er ihnen erteilen kann, das Einzige, was er, nebenbei gesagt, Lust hat zu unterrichten: sich selbst treu zu sein unter anderen.

Wochenlang hat er jeden Tag Tinte auf seiner Kleidung.

Er geht nicht mehr durch die Pultreihen, schreibt wenig an die Tafel, bleibt vor ihnen stehen, ihnen gegenüber.

Zu Hause spricht er nicht mehr, beachtet kaum ihre ältere Tochter, ein Baby noch, vergisst die kommende Geburt. Er sitzt stundenlang niedergeschlagen da, mit verkrampftem Kiefer, geballten Fäusten. Er ist allein.

Sie sagt zu ihm, er solle aufhören, Urlaub nehmen. Sie bittet ihn, seinen Chef zu benachrichtigen, seine Kollegen. Sie rät ihm, ans Rektorat zu schreiben, einen Bericht zu verfassen.

Er unternimmt nichts, antwortet, im Gymnasium dächten alle wie die Schüler – er sei ein Snob und bilde sich etwas ein darauf, ein Dandy zu sein. »Die Kollegen kommen alle im Versandhaus-Look«, grinst er. Auf seinem Arbeitstisch bleibt tagelang *Die hohlen Männer* von T.S. Eliot auf derselben Seite aufgeschlagen:

This is the way the world ends
This is the way the world ends
This is the way the world ends
Not with a bang but a whimper.

Sie schreibt an seiner Stelle an den Oberinspektor für Englisch, verfasst einen verzweifelten Brief, schickt für ihn einen Hilferuf, sie sagt, dass er zerbrechlich sei, dass sie ein Kind verloren haben, dass es nicht so weitergehen könne.

Der Empfänger antwortet drei Wochen später – der Brief kommt aus Paris.

»Lieber Kollege,

Ihre Frau macht sich freundlicherweise Sorgen um Ihre berufliche Situation. Ich meine, Sie müssten Ihre pädagogische Praxis mit Klarsicht und mit einer gewissen Distanz betrachten. Es handelt sich hierbei um eine neue Stelle, bestimmt keine einfache, in die Sie sich einarbeiten müssen. Wir können es nur begrüßen, wenn Gymnasiallehrer mit Hochschullehrdiplom wie Sie ihren Unterricht diesen benachteiligten Kindern widmen – dies ist für die Schule eine Garantie der Demokratie, für die Jungen eine Gewähr für Erfolg und Gleichheit, für Sie eine sehr bereichernde Erfahrung. Darüber hinaus kann ich nicht glauben, dass man lange alles schwarz sieht, wenn man im Lande eines Paul Valéry oder eines Georges Brassens lebt.

Mit freundlichen …«

Zwei Tage später überrascht ihr Mann, als er sich brüsk umdreht, einen Schüler mit erhobenem Arm, den Füller auf ihn gerichtet. Er geht auf den Jungen zu und rammt ihm die Faust in den Magen; dieser schlägt zurück, die beiden geraten mitten in den Reihen aneinander, mitten unter den Schülern, die aufstehen und schreien, sie bekämpfen sich auf den Tod.

Am nächsten Tag bindet der Ehemann seine schönste Krawatte um, bevor er zum Unterricht geht. Sein Gegner ist nicht da. An jenem und an den folgenden Tagen ist keine Tinte auf seinem hellen Jackett. In der Ferne, hoch oben, scheint die Sonne auf den Marinefriedhof.

Wir sind die hohlen Männer
Die Ausgestopften

Die hinüber sind, sehenden Auges,
Ins andere Reich des Todes,
Wenn sie an uns denken, denken sie nicht
An gewalttätige verlorene Seelen,
sondern an hohle Männer,
An Ausgestopfte.

DAS STARKE GESCHLECHT

»Gesichter der Straße, welchen unbestimmten Satz
Schreibt ihr so, um ihn auf immer auszulöschen
Und muss man immer wieder neu anfangen
Was ihr zu sagen oder besser zu sagen versucht?«

Sie schaut die Männer an. Bestimmt schaut sie die Männer nicht auf die genau gleiche Weise an, wie jene die
Frauen ansehen, denn sie nimmt an, dass nur die Hüb-
schesten ihre Aufmerksamkeit auf sich ziehen, während
sie in ihnen nur das sieht, was sie zu Männern macht: Da,
wo jene die Schönheit betrachten, erforscht sie ein Geheimnis; da, wo jene jedes Gesicht, jede Gestalt in der
Einzigartigkeit ihrer flüchtigen Gegenwart lesen, bemüht
sie sich, einen universalen und versteckten Sinn zu entzif-
fern: ein Geheimnis, ihr Geheimnis.

Da ist der Mann im Flugzeug, der eine Reihe vor ihr auf
der anderen Seite des Ganges an einem Laptop arbeitet.
Er ist jung und bereits kahl, trägt eine Hornbrille und hat
eben die ganze *Libération* gelesen außer der Literaturbeila-
ge: Vielleicht ist er ein Schriftsteller, der lieber nicht wis-

sen will, was die anderen machen. Er hackt ziemlich schnell auf die Tasten ein, hält von Zeit zu Zeit inne, um nachzudenken, greift zu handgeschriebenen Notizen, fasst sich mit Daumen und Zeigefinger ans Nasenbein, wirft den Kopf gegen die Lehne seines Sitzes, die Augen halb geschlossen, atmet mit einem langen Seufzer ein, tippt weiter. Als das Flugzeug die Landung beginnt, löst sich ein Blatt aus seinem Dossier und fällt auf den Gang: Sie hebt es auf und gibt es ihm, nicht ohne verstohlen die erste Zeile zu lesen: Produktionskosten bis 1. März 1998: Vierteljahreskurs der Schalotte.

Da ist der Mann, der sich in einem anderen Flugzeug mit seinen Geschäftspartnern über den CAC 40 unterhält und sich weigert, seinen Laptop auszumachen, weil er eine wichtige Nachricht von der Börse aus dem Palais Brongniart erwartet. Später, als ihm die Stewardess einen Korb mit Bonbons hinhält, lässt er seinen Finger langsam konzentrisch über dem Körbchen kreisen, bis er ihn endlich im Sturzflug auf ein orangenes Bonbon fallen lässt, und mit einem Mal, unglaublich, ist er sechs Jahre alt.

Da ist der junge, schöne, sehr blonde und bleiche Mann im blauen Pullover, der auf dem Boulevard Saint-Michel auf sie zukommt und etwas an sich drückt, das von weitem wie ein kleiner Zeichenblock aussieht, und der genau vor ihr plötzlich auf die Knie geht und, während die Passanten auseinander gehen, mit der Hand ein Schild schwenkt, auf dem in wenigen Großbuchstaben steht: ICH HABE HUNGER.

Da ist der Mann, der sich im Restaurant mit einem anderen unterhält. Er hat ein intelligentes Gesicht, lebhafte

Augen, schöne Hände. Er erklärt, dass man in diesem Bereich viel Geld machen kann – sie versteht nicht genau in welchem –, »einen Haufen Kohle«, fügt er hinzu, der »Hauptgewinn«, »der Jackpot«; dann, als sein Gesprächspartner endlich aufhört, die Pizza hinunterzuschlingen, um sein Interesse mit einem »super!« zu bekräftigen, baut er eine kleine Pause ein und sagt zuvorkommend: »Wenn du willst, verkaufe ich dir die Idee.«

Da ist der Mann, der weggeht, um Streichhölzer zu kaufen und der nie mehr gesehen wird.

Da ist der Mann, der in einem unterirdischen Parkhaus eine Frau mit der Faust zusammenschlägt. »Ich habe ihr die Jacke und die Bluse aufgemacht, habe ihr die Hose und den Slip ausgezogen, habe die Hand auf ihre Brüste, ihren Bauch und ihr Geschlecht gelegt. Ihr gefielen meine Zärtlichkeiten. Ich wollte sie ficken, aber beim Anblick der Wunden in ihrem Gesicht bekam ich keinen hoch«, sagt er.

Da ist der Mann, der ein Mädchen nach einem Suizidversuch im Koma vergewaltigt hat. Es konnte nur der Nachtkrankenpfleger oder der Vater gewesen sein, der gekommen war, um über ihren Todeskampf zu wachen. Es war der Vater.

Da ist der Mann, der, um die Carabinieri aufzuhalten, die das Schiff durchsuchen wollen, auf dem er illegal einzureisen versucht, nach und nach alle seine Kinder über die Reling ins Meer wirft.

Da ist der Mann, der einer zwanzigjährigen Unbekannten zwanzig Messerstiche versetzt hat, bevor er ihr den Kopf abschnitt, um ihn seiner Exfreundin zu schicken: »Nachdem ich sie getötet hatte, war ich glücklich.«

Da ist der Mann, der, nachdem er ein kleines Mädchen angefahren hat und es an der Stoßstange seines Autos hängen blieb, mehrmals abrupt bremste, um es wieder abzuschütteln.

Da ist der Mann, der vor den Augen seiner Lebensgefährtin ihr neugeborenes Kind lebendig begrub, weil seine Mutter, die sehr gläubig sei, wie er erklärte, es nicht toleriert hätte.

Da ist der Mann, der mit einer in der Faust versteckten Rasierklinge Fist-fucking praktizierte.

Da ist der Mann, der beleidigt, tötet, foltert, massakriert.

Da ist der Mann – die Männer. Sie versucht zu verstehen, herauszufinden, was sie von den Frauen unterscheidet. Aber das Geheimnis entzieht sich. Sie sucht, was sie zu Männern macht, sie kreist um diesen Punkt: Sie tun Dinge, die keine Frau tut, oder sie tun sie anders als eine Frau. Aber sie ist enttäuscht, dass sie nicht über diesen Gemeinplatz hinauskommt: die Gewalt, die Brutalität, mit der sie sich durch die Welt bewegen, ihren Fanatismus, zu dominieren. – Es sei denn, sie versucht sie mit dem in Verbindung zu bringen, was irrtümlicherweise als ihr Gegenteil gilt: Das Kind in ihnen, zerbrechlich, zurückgeblieben, unermesslich, das vielleicht den Kern ihrer Bestialität ausmacht. Und manchmal ist sie froh, dass sie keinen Sohn hat, denn wenn sie diesen Raum durchquert, der den Siegeswillen von der kindlichen Verwirrung trennt, um dort den Punkt des Gleichgewichts zu finden, an dem sich der ideale Mann befinden würde, ein Akrobat, muss sie sich, ihrer Liebe zum Trotz, eingestehen: Wenn es vorkommt, dass sie in nicht allzu weiter Ferne diesen schwebenden Punkt erblickt – seiltänzerische Harmonie zwischen Kraft und Schwäche – und dort jemandem begegnet, dann ist es jedes Mal eine Frau.

MIT IHM ALLEIN

Die Männer sind für immer von den Frauen getrennt.

Sie brauchen nur die Musik von Couperin zu hören – *Les Barricades mystérieuses* zum Beispiel. Das Stück dauert, sagen wir mal, zwei Minuten …, weniger lang als ein Liebeslied, und alles ist gesagt, klar wie Wasser: Ich versuche es, ich nähere mich, ich komme, ich komme wieder, die Luft vibriert, ich sage das und anderes mehr, denselben Satz oder fast, immer wieder aufgenommen, nuanciert, wiederholt – *ich liebe Sie*, vielleicht; aber halt, man hält mich auf, wer geht da, wer bist du, wer bist du denn? – Es wird still, das Mysterium bleibt.

Der Mann, die Frau: *Les Barricades mystérieuses,* »die geheimnisvollen Schranken«. Lehrstunden der Finsternis, falls die Nacht sich erlernen lässt.

DER SCHAUSPIELER

Sie sehen sich lange Zeit nicht mehr; sie telefonieren von weitem miteinander, schreiben sich kaum. Sie schickt ihm ihre Bücher. Als sie ihr Kind verliert, erhält sie einen Brief von ihm, sie erkennt auf dem Umschlag seine prachtvolle Schönschrift, die Worte darin sind sanft.

Nach ihrer Rückkehr aus Afrika geben sie ein Fest, laden Hinz und Kunz ein, die ganze verstreute Clique. Der Schauspieler ist da, sie sehen sich wieder, sie tanzen, sie lachen, die Lichter strahlen im vollen Glanz der Erinnerung.

Gegen Morgen schläft sie in ihrem Zimmer, alle sind gegangen, außer den wenigen, die weit weg wohnen und die Nacht im Haus verbringen. Der Schauspieler legt sich neben sie, »ich liebe Sie, ich habe Sie immer geliebt, Sie wissen es, nicht wahr, Sie wissen es, Sie sind mein Engel, der schönste Engel, den ich je zu Gesicht bekam«, er drückt sein Gesicht in ihre Hände, »schon immer, von Anfang an, vom ersten Tag an, Sie sind meine Fee, Sie sind mein Traum, ich weiß, dass Sie es wissen, schöner Engel«, er sucht unter ihr Nachthemd zu gelangen, zwischen ihre zusammengepressten Beine, ihre stummen Lippen, »Sie erinnern sich, als Sie mir den Schlüssel zu Ihrer Wohnung gegeben haben, als Sie in die Ferien gefahren sind, da bin ich jeden Tag gekommen, um mich in Ihre Kleider, Ihre Unterhosen, Ihren Duft zu vergraben, jeden Tag, angebeteter Engel«, er presst seinen Körper an sie, sie entzieht sich, wie spät kann es sein, die Straßenlaternen sind noch immer an, alles scheint zu schlafen, wo ist überhaupt mein Mann?, »vom ersten Tag an, Sie wissen es genau« – sie hat überhaupt keine Erinnerung mehr an die Lust.

Sie stößt ihn zurück, versucht aufzustehen, er hält sie mit Gewalt fest. »Hör auf«, sagt sie, »hör auf«, sie ruft ihn mehrmals beim Namen, kann sich schließlich befreien.

Da steht auch er auf: »Andere haben mehr Glück als ich«, fängt er an. »Du kapierst offenbar gar nichts? Weißt du, wo er ist, dein idealer Mann? Dein vollkommener Ehemann? Sieh mal in der Garage nach: Sie sind dabei, sich den Arsch zu lecken, das Püppchen und er, du solltest mal hingehen, er leckt ihr die Fotze, sie lutscht ihm den Schwanz, na los, geh hin, schau's dir wenigstens an ... Er vögelt alles, was sich bewegt, der Scheißkerl, während ich ... Und du spielst die Penelope! Räche dich wenigstens, Scheiße, rächen wir uns.«

Sie bleiben lange Zeit unbeweglich, schauen sich an.

Sie kommt in einem Lichtstrahl näher:

– Wie nennt man das, wenn es Tag wird, so wie heute, und alles verdorben ist, alles verwüstet, und man trotzdem weiteratmet ...?

Er hebt die Arme zum Vorhang:

– Das hat einen sehr schönen Namen, Frau Narses. Das nennt man Morgenrot.

Der Ort der Handlung erhellt sich langsam, jeder sieht klar im anderen. Dann wird es dunkel.

MIT IHM ALLEIN

Im Moment versuche ich, jemanden kennen zu lernen; es ist etwas voluntaristisch, aber auch angenehm – ein freies Schweifen ohne Perspektive, ein Spaziergang ohne Ziel: Ich lasse mich treiben.

Ich lese die Kleinanzeigen, weiche den Blicken nicht aus, knüpfe an alte Bindungen an. Ich lasse die Männer auf mich zukommen.

Letztes Wochenende war ich in Orléans auf einer Buchmesse. Am ersten Abend gab es im Hotel, in dem ich wohnte, eine Verwechslung: Als ich gegen Mitternacht zurückkam, sagte der Portier: »Oh, Ihr Schlüssel hängt nicht mehr da, es muss ihn bereits jemand geholt haben.« Ich lachte und antwortete, ich sei eigentlich alleine, dankte aber dem Hoteldirektor für diese charmante Aufmerksamkeit. Er wurde rot und lachte, dann fand er den Schlüssel.

Am nächsten Abend nannte ich nach einem zermürbenden Tag erschöpft meine Zimmernummer – der Portier lud mich zu einem Kaffee, einem Tee ein; ich nahm an. Als er mir über die Haare strich, drehte ich mich sofort um, damit ich seine Augen sehen konnte. Es gibt eine

Wissenschaft des Unbekannten: Man muss die Augen lesen können – nicht die Hände, nicht die Wörter: die Augen.

Der schlimmste, der niederträchtigste aller Männer ist für mich derjenige, der die Lust der Frauen verachtet. Ich spreche nicht von dem, der eine Frau zurückweist, weil sie ihm nicht gefällt oder weil er jemand anders liebt; ich spreche von dem, der, während er sie begehrt, die Lust gering schätzt, die er auslöst. Dann sehen Sie in seinen Augen, dass er dasselbe in den Ihren gesehen hat, ah, das willst du also, darauf hast du es also abgesehen – ein schäbiges Aufblitzen, das Sie wie ein Dolch durchbohrt oder Ihr Gesicht versteinern lässt, Sie können nicht mehr lächeln, Sie haben kein Gesicht mehr. Ich habe diesen Funken schon gesehen, schon oft, selbst bei aufrichtigen Liebhabern, Liebenden – diese Verachtung der Lust in mir, der Abscheu vor der Verwundung, vor dem, was ich bin, selbst bei denen, die mich lieben, ja, das kommt von sehr weit her, von jenseits der Liebe, als ob der Hass nur ihr Gegenteil wäre, die versteckte Kehrseite, der Hass des anderen, der ihn zwingt, zu sein, was er ist – und er verachtet Sie, wie er sich selbst hasst, wie er seinen Vater und seine Mutter hasst und die ganze Welt dazu. Nichts scheint dann dünner als die Grenze zwischen der Lust und der Lust zu töten, und nichts entfremdet und nähert die Frauen und die Männer einander mehr an als diese fast gemeinsam empfundene Angst, die sie verbindet, indem sie sie trennt: der Schauder des Mordes. Den andern auslöschen, in der Umarmung auflösen, ich weiß auch nicht, ihn annullieren, seinen begehrenden Körper aus dem Weg räumen, seine fordernde Seele, den Abstand im Tod aufheben, den Unterschied auf ein Nichts reduzieren, ihn beseitigen, unterdrücken, ertränken, ja, liquidieren, so ist es, ihn im Blut ertränken. Das ist es, was ich manchmal in ihren Augen sehe. Der Mord wohnt im Mann, gleich unter der Haut, zitternd, gleich hinter den Augen wie die Lust, auf Kopfhöhe. Der Mord ist in gewissem Sinne nur eine Ausdrucksweise der Lust: Es ist der Wunsch, die Lust *abzutöten.*

Wenn man das in den Augen eines Mannes sieht, müsste man natürlich sofort die Flucht ergreifen. Oft bleibt man. Die Frauen suchen den Mann ihres Lebens, aber manchmal gleicht er dem Mann ihres Todes, manchmal ist es derselbe.

DER BESONDERE

Der Besondere ist hübsch sportlich elegant feinsinnig
große Klasse sinnlich dynamisch aufmerksam beschützend
ernsthaft intuitiv cool großzügig authentisch optimistisch
tiefsinnig höflich groß schlank humanistisch leidenschaftlich schön neugierig sensibel kunstliebend einfach romantisch charakterfest spontan offen frei sehr frei frei von Mittag bis zwei Uhr willensstark diskret ein Lebenskünstler
aktiv sympathisch herzlich Nichtraucher links geschieden
verheiratet jüdisch nicht praktizierend männlich gläubig
subtil ernst wohlhabend analysiert humorvoll enthusias-
tisch nonkonformistisch idealistisch tolerant lächelnd
selbstsicher vornehm ausgeglichen Ästhet epikureisch
gern in seiner Haut gut im Kopf gut in jeder Beziehung.

Der Besondere mag Reisen Wandern die wahren Werte des Lebens das Meer Sport Kunst Kino Ausgehen
Malerei Musik Fotografie Bücher Kinder Bridge Ski-
fahren Segeln Lebensqualität Trödelwaren die humanis-
tischen Werte Theater Ausstellungen große Brüste wert-
volle Beziehungen die Natur.

Der Besondere sucht begehrt wünscht zu begegnen
hofft wartet sucht schöne Frau sinnlich hübsch genieße-

risch verschwörerisch zärtlich keck zart sexy Dompteuse bewandert schlank feminin strahlend ernsthaft im Intimbereich gepierct wollüstig jung lebhaft rund gut proportioniert verführerisch partnerschaftlich vorurteilslos knackig Muse nordisch blond sanft sensibel gefühlvoll befreit frei oder kaum verheiratet dynamisch freigeistig latino funkelnd leidenschaftlich anschmiegsam heiter romantisch vollbusig biestig rank anmutig farbig willkommen schalkhaft reizvoll vornehm Pin-up-mäßig strahlend fröhlich feinfühlig verliebt verwandte Seele

Für Beziehung mit Niveau schöne Geschichte Ausnahmemomente Leben als Paar Augenblicke der Trunkenheit Leidenschaft intelligentes Einverständnis erotische Freuden Zusammensetzen gar Vermehren ernsthafte Verbindung verliebte Eskapaden wirkliche Vertrautheit dauerhafte Freundschaft kuschelige Harmonie sinnliche Begegnung Gelassenheit und Sinnesfreuden spielerische Initiation schöne Überraschung intensive Libido verschwörerisches Vagabundieren Leben zu zweit Zärtlichkeiten Tantrismus Romanze im Mondschein noch näher zu bestimmende Augenblicke Sommer / Winter

Um zu teilen Freude und Sinneslust Eskapaden Freizeit Emotionen Lachanfälle Vergnügen Liebe Leidenschaft leidenschaftliches Leben Leben und Glück Ideen Ideale Freiheit alles teilen

Um Freuden auszukosten neues Jahrhundert zu erleben Zukunftsliebe aufzubauen und zu erhalten Ekstase zu entdecken Lebensflamme für immer aufrechtzuerhalten aus dem Leben ein Gedicht zu machen lieben ohne Einschränkung auf der Autobahn des Glücks zu fahren es bunt zu treiben geben / nehmen Liebe ohne Routine auf den Putz zu hauen das Leben neu anzufangen Leidenschaft zu leben das Nirvana zu erreichen den siebten Himmel Ekstase und mehr falls Wesensverwandschaft.

DER LESER

Es gibt nicht den einen Leser. Im Laufe der Tage und der Bücher zeigt er seine wechselnden Gesichter.

Der Leser schreibt Ihnen. Er hat Sie im Radio gehört oder, wahrscheinlicher noch, im Fernsehen gesehen oder auf dem Foto einer Zeitschrift, er hat Sie gesehen und hat Lust bekommen, Ihnen zu schreiben (Sie zu lesen, das sagt er nicht: Es versteht sich von selbst, dass der Leser nicht immer liest). Also: Er heißt Bruno, er ist achtundzwanzig Jahre alt, Student, er arbeitet halbtags als Bibliothekar (so wie Sie, nicht wahr?), um sein Studium zu finanzieren, er beklagt sich nicht, denn diese Arbeit gibt ihm Gelegenheit, den unterschiedlichsten Menschen zu begegnen – Begegnungen sind wichtig –, und außerdem ist er gern in Gesellschaft der Bücher, er hat eine Leidenschaft für diese Bände voller Geschichten – die Leidenschaft ist wichtig. Er weiß, dass Sie sind wie er, passioniert (er zitiert einen Satz von Ihnen, nicht einem Ihrer Bücher entnommen, sondern dem Interview, das Sie einer Wochenzeitschrift mit hoher Auflage gegeben haben – die Auflage ist wichtig: der Beweis ...), und wenn Sie einen Augenblick Zeit hätten, würde er sich glücklich schätzen, mit Ihnen bei einem Glas oder einer

Paella darüber zu reden – er kann sehr gut Paella kochen,
denn (er ist wie Sie) er hat mehrere Jahre im Ausland gelebt
– das Reisen ist wichtig, er hat auch eine Schwäche für
Reisen, Entdeckungen, den Austausch. Er gibt Ihnen seine
Adresse, seine Telefonnummer, seine E-Mail, seine Handy-
nummer (Sie können es bestimmt kaum erwarten, ihn zu
erreichen, mit ihm ihre Eindrücke auszutauschen).

Der Leser kommt zu Ihnen. Er war mit Ihnen auf der
Grundschule, in der Jeanne-d'Arc-Straße, erinnern Sie
sich? Er hat eine Pressemappe zusammengestellt mit Arti-
keln über Sie, die er Ihnen zusammen mit dem Klassen-
foto zeigt, da ist er, hinten rechts, hinter der Weltkarte.

Der Leser spricht mit Ihnen, er hat auf dem Mikrophon
bestanden. In Ihrem letzten Werk beklagen Sie das nach-
lassende Interesse der Jugend am Lesen, Sie sind Dokumentarin im höheren Schulwesen, nicht?, er war Lehrer
(jetzt nicht mehr, er wurde befördert) und kann Ihnen
versichern, das lief wie sonst was, er las mit begeisterten
Scharen von Viertklässlern der Integrationsschule Voltaire,
Rabelais, Racine und Corneille, man muss es nur richtig
anstellen, aber natürlich ist das nicht jedem gegeben,
außerdem – in diesem Augenblick steht er auf und alle
können sehen, dass der Leser ein schöner Mann von ungefähr fünfunddreißig Jahren ist (also jünger als Sie), gut
gebaut, gut gekleidet, gut in jederlei Hinsicht (weit besser
als Sie, die Sie hastig nach Ihrem Arbeitstag gekommen
sind und nicht einmal die Zeit hatten, sich noch einmal
zu kämmen, bevor Sie auf das Podium gestiegen sind und
sich vor Ihre Flasche Wasser gesetzt haben, um von der
Lebenskraft der Literatur Zeugnis abzulegen) –, außerdem, fügt er hinzu, er steht, spricht deutlich ins Mikrophon, Sie erwähnen die Sinnlichkeit der Wörter, den

körperlichen Kontakt mit ihnen, Sie haben eben gesagt: »erotisch«, aber ich, wenn ich Sie mir so ansehe (er sieht Sie an: Sie sind grau gekleidet, Sie haben einen Flecken auf Ihren Pullover gemacht, als Sie Ihren Tee in der Autobahn-Cafeteria zu hastig getrunken haben, Sie riechen nach Schweiß), wirklich, es tut mir Leid, es sagen zu müssen, aber von Erotik kann ich hier nicht viel sehen.

Sie bewahren ihre Würde (*ich sprach von den Wörtern, du Trottel, vom Kontakt der Wörter, nicht von Deiner dreckigen Schnauze*), Sie antworten: »Monsieur, wenn ich gewusst hätte, dass Sie heute Abend kommen, hätte ich meine Netzstrümpfe angezogen.« Sie haben die Lacher auf Ihrer Seite, aber Sie schwören sich, dass Sie dem Leser – er ist nicht Ihresgleichen, nicht ihr Bruder –, dem feindlichen Leser, nie mehr, nie mehr antworten werden.

Der Leser schreibt Ihnen – er ist es nicht gewohnt, in Wirklichkeit hat er es noch nie gemacht, aber diesmal verspürt er einen ununterdrückbaren Drang, ein völlig neues Bedürfnis, seit er Ihren letzten Roman gelesen hat. Er heißt Bruno, er ist fünfundzwanzig Jahre alt, Student, er erkennt sich in Ihrer männlichen Figur wieder, das ist genau er, seine leidenschaftliche, verliebte Seite, so ist er, genau so, er sucht die ideale Frau, die ihn versteht – und da, es ist wunderbar, in Ihrem Roman hat er sich verstanden gefühlt, er möchte Sie treffen. Er ist Bibliothekar in S., aber er kann kommen, wohin Sie möchten, er gibt Ihnen Adresse und Telefonnummern; würden Sie ihm antworten, könnten Sie ihm mitteilen, dass Sie sie bereits haben, dass in seinem Dossier der Autor/innen ein wenig Unordnung herrscht, dass sich eine Aktualisierung aufdrängen würde, aber dass Sie ihm trotzdem dazu gratulieren, in den drei Jahren seit seiner letzten Post drei Jahre losgeworden zu sein – eine Verjüngungskur wohl?

Der Leser bedankt sich bei Ihnen. Er hat soeben auf dem Gehsteig vor der Buchhandlung fast die Hälfte Ihres Buches im Stehen gelesen, er hat es beim Hinausgehen automatisch aufgemacht, nachdem er es ohne bestimmten Grund gekauft hat, und er schreibt Ihnen sogleich auf der Ecke des Tisches, in dem Café, in das er sich tief gerührt gesetzt hat: Danke für dieses Buch, danke für diesen Augenblick tiefer Menschlichkeit. Er unterschreibt mit seinem Vornamen, gibt weder seinen Namen noch seine Adresse an, und Sie bedauern es, denn genau diese diskrete Aufmerksamkeit macht Ihnen natürlich Lust, ihn kennen zu lernen – und nur ihn.

Der Autor, trotz der geweihten Formel, trifft seine Leser nie. Das weiß sie. Was sie für immer von ihnen fern hält, ist die Illusion, die sie sich machen, sie zu kennen, sie mit Hilfe der Worte fassen zu können; es ist der Köder der Wahrheit, der zwischen ihnen die unbezwingbarsten Distanzen überbrückt. Sie trifft ihre Leser nicht. Ihre Leserinnen schon, gelegentlich, wenn ihr scheint, dass sie Erfahrung mit diesem Riss haben, der das Gebiet des Verständnisses unterminiert, dass sie die Grenzen dieser Beziehung kennen, die sie doch selber entwerfen. Ihre Leser nie: Sie flieht sie, wie man die Erinnerung an den Schmerz flieht oder die Gewissheit des Scheiterns, wie man die Eitelkeit der Männer flieht und die Angst, allein zu sein, allein unter ihnen, allein mit ihnen.

Den Männern, die sie verführen will, den ganz Unbekannten, für die sie eine Unbekannte ist, sagt sie nie, dass sie schreibt. Sie sucht keine Leser, sie will lieber, dass man in ihren Augen liest.

Der Schüler

Den Schüler gibt's nur im Plural, er ist ein kollektiver junger Mann, eine fluktuierende Kollektion. Alle Schüler gemeinsam bilden den Schüler.

Als sie zwanzig Jahre alt war, war der Schüler siebzehn. Ein Jahrhundert kann vergehen, er wird immer siebzehn sein. Deshalb erträgt der Schüler nur den Artikel, der ihn so beschreibt, wie er ist: bestimmt, eindeutig und ewig: Der Schüler, das ist die Mona Lisa – ein Gemälde in einem Museum, eine Büste in der Abteilung der Skulpturen, eine Statue. Sie erinnert sich an eine nackte Hermesstatue im Louvre, die, bevor sie durch ein Seil geschützt wurde, so oft berührt, gestreichelt, gestreift worden war, dass der Stein an der Stelle des Geschlechts abgenutzt, poliert, fast glatt war und so der Lust nur noch zwei mögliche Haltungen offen ließ: Entweder man bedauerte, nicht die Hand ausstrecken und diesen Körper berühren zu können wie die anderen, oder man akzeptierte, dass er, obwohl er im Raum anwesend war, präsent, vor unseren Augen ausgestellt, man akzeptierte, dass er in eine andere Zeit gehörte, ewig, schön, unberührbar.

Wenn der Schüler schreibt oder liest, das Gesicht über irgendetwas Unfassbares gebeugt, gibt sie sich ganz diesem Vergnügen, diesem Genuss hin: ein Besuch im Museum. Sie beobachtet ihn von hinten, seine Schultern, seine nackten Arme, im Frühling unter den kurzen oder hochgekrempelten Ärmeln, die Bewegung seiner Hand zur Schläfe, sein Hals. Manchmal schaut er sie an, sie begegnet Augen, in die der Maler seine ganze Kunst gelegt hat – das war vor langer Zeit, aber der Körper ist noch immer lebendig und das Lächeln bezaubernd.

Sie empfindet für den Schüler diese Art erhabener Liebe, die gleichzeitig der Schönheit und diesem bohrenden Gefühl von der Vergeblichkeit der Lust entspringt; sie streckt die Hand nicht aus, um das Mysterium zu berühren; übrigens kommen oft, wenn sich das Werk belebt, Worte über die vollen Lippen, deren verächtliche Plattheit oder dümmliche Modulation der verliebten Geste ein Ende setzen, so wie der Schnurrbart der Mona Lisa Ihre geheimen Träume zerstört.

DIE ERSTE LIEBE

Sie ruft ihn an einem Sonntagmorgen an – sie ist allein zu
Hause, traurig, es ist einer dieser Tage, an denen die Vergangenheit schillert wie ein Schatz, den es auszugraben
gilt, mit Hilfe des Telefonbuchs als Landkarte. Er hat seine Adresse nicht geändert, nur die Kommunikationsmit-
tel vervielfältigt – Fax, E-Mail, er ist sehr leicht zu erreichen, wieder zu erreichen.

Es klingelt lange, es ist fast Mittag, sie nimmt an, dass er
übers Wochenende verreist ist, wohin, mit wem, sie weiß
nichts von ihm, sie bedauert es, nicht wenigstens seine
Stimme zu hören, aber eigenartigerweise hat er keinen
Anrufbeantworter. Genau in dem Augenblick nimmt er
ab, sie erkennt diesen heiseren Klang nicht, diese gelang-
weilte Modulation, aber er ist es. »Hast du geschlafen?«,
fragt sie, nachdem sie sich vorgestellt hat, hast du geschlafen?, als wäre es nicht Jahre her, seit sie sich seine Treppe
hinuntergestürzt hatte, um in seinem Leben nur noch als
Fotografie vorzukommen, schläfst du vielleicht, meine
erste Liebe, schläfst du noch immer so herrlich tief, sieht
so aus, ja, du hörtest kein Gewitter, nichts anderes konnte dich aufwecken, ich weiß noch, als ein zärtliches Strei-

chen mit der Fingerspitze über die Augenbrauen. »Ach, du bist es«, murmelt er mit einem nicht sehr liebenswürdigen Seufzer. »Es ist Mittag«, sagt sie, weniger, um sich für die Störung zu entschuldigen (vielleicht ist er nicht allein, hat gestern Nacht ein Mädchen mit nach Hause gebracht), als um ihren Anruf logisch zu rechtfertigen: Verblüfft hört sie sich mit einem vorwurfsvollen Unterton den Satz aussprechen »es ist Mittag«, als würde sie sich pünktlich zu einer Verabredung einfinden, die vor langer Zeit getroffen worden war, im Gegensatz zu ihm, als ob er nicht gewissenhaft, nicht zuverlässig, sondern unredlich, vergeßlich wäre – nein, sagt sie sich auf einmal (man sollte wieder auflegen können), ich wollte wohl, als ich mich vor Jahren jene Treppe hinunterstürzte, eher seine Enttäuschung mildern, meine Flucht kaschieren, indem ich von unten die vage Verabredung hinaufrief: »Ich ruf dich morgen Mittag an.« Und vielleicht hat sie es auch getan an jenem Tag, sie kann sich nicht mehr erinnern, vielleicht hat sie wirklich zu ihm gesagt »morgen Mittag«, und zehn Jahre später ruft sie an, da bin ich, es ist Mittag.

Die erste Liebe währt ewig, die Zeit vergeht nicht, das ist das Prinzip des Verliebtseins. Die Geschichte hat nicht die Form eines Konvois, dessen Wagen sich immer weiter aus dem Bahnhof und von den Taschentüchern wegbewegen, sondern die eines Kindermärchens, in dem man, sogar ohne dichte Wälder durchqueren zu müssen, den geliebten Mann schlafend wiederfinden könnte, den Verliebten, er erwartet Sie, mit einem Gesicht voller Vertrauen in Sie, die Arme gelöst in der Hingabe an den Schlaf, er würde erwachen unter unseren Händen, unter unseren Lippen, dieser Prinz mit gleich bleibendem Charme, dieser Geduldsengel, für den hundert Jahre nichts bedeuten. »Du bist es«, würde er sagen, wenn er die Augen öffnet, Sie haben auf sich warten lassen, das stimmt, aber er würde Sie lieben wie am ersten Tag, mit dieser endlosen Liebe, aus der die Kinderträume gemacht sind.

DER UNBEKANNTE

Was sie vom Unbekannten erwartet, ist unermesslich und winzig zugleich. Sie erwartet von ihm, dass er sie entdeckt und freilegt wie der Kundschafter, der in fremdes Gebiet vorausgeschickt wird; sie erwartet von ihm, dass er sie beim Namen nennt und in dieser Zeit, die sie miteinander teilen, für sie da ist, so wie der Mann für das von ihm geborene Kind; dass er zärtlich und großzügig ist, als hätte sie ihm das Leben gerettet. Für den Unbekannten ist sie ohne Ort, ohne Namen, ohne Angst; sie kennt keine Bindungen, keine Gesetze: Für den Unbekannten ist sie unbekannt. Und doch, vom Augenblick an, wo er sich ihr nähert, gewinnt er mehr Wissen als jeder andere; durch die Liebe lernt er sie kennen, denn er erkennt sie wieder – sie ist es, sie ist diese Frau, die sich in seinen Armen an ihn erinnert, so wie man ein vergessenes Wort wiederfindet. Der Unbekannte weiß nichts von ihr, aber er weiß, wer sie ist, er bestätigt sie in ihrer Identität und versichert sie ihres Seins. Sie weiß nichts über den Unbekannten, aber sie kennt ihn, oh ja, sie kennt ihn, als hätte sie ihn gemacht.

240

Im sexuellen Akt mit Unbekannten sucht und findet sie dieses gegenseitige Gefühl, das man mit der Zeit oft *Liebe* nennt und das sie im Augenblick, wo die Körper sich in einer Emotion finden, die sie gleichzeitig empfinden und auslösen, so einfach, wie man »danke« sagt oder »guten Tag« oder »du bist's«, *das Wiedererkennen* nennt.

MIT IHM ALLEIN

Ich bin von zweifelhafter Moral, müssen Sie wissen: *Ich zweifle an der Moral der anderen.*

Die Treue, das ist ein hohler Gedanke, eine blinde Eitelkeit, als hätte man etwas in der Hand, als glaubte man sich unsterblich, als wäre man es.

Eigentlich habe ich angefangen, die Männer so zu lieben, wie ich meine Kinder, meine Töchter liebe: Wenn ich sie in die Arme schließe, so weiß ich seit ihrer Kindheit, seit sie ganz klein waren, dass diese Wärme mich verlassen wird, dass diese Körper, die ich mit meiner ganzen Liebe an mich drücke, mich verlassen werden, ohne dass ich wüsste, wo ich sie wiederfinden kann, ich weiß, dass sie gehen werden, von Anfang an weiß ich um diese Abwesenheit, die in den zärtlichsten Armbeugen ruht, um diese Einsamkeit, in der der andere uns zurücklässt, in der er uns früher oder später zurücklässt, selbst wenn er wiederkommt, diese Einsamkeit, die auch seine ist, sein unreduzierbarer Unterschied.

Genau das genieße ich auch in der Liebe, in jeder Form der Liebe: Ich genieße die körperliche Anwesenheit, ich genieße das Jetzt und den Körper. Ja, die Männer sind wie große Kinder. Sie gehen, ich halte sie nicht zurück. Sie sind frei – sie nehmen sich Freiheiten, es gibt keine Liebe, es gibt nur Liebesbeweise, nicht wahr? Der Körper ist der einzige Beweis der Liebe – oder eher nein, nein, nicht der Einzige: Die freien Männer können gehen, und manchmal bleiben sie – das ist der schönste Liebesbeweis: sich die Freiheit nehmen zu bleiben, wenn man gehen könnte.

Ich glaube, der Gedanke ist richtig, die Liebe zu Männern der zu Kindern gleichzusetzen. Die Treue, die man von einem Geliebten fordert, von einem Ehemann, die Monogamie des Fleisches unter dem Vorwand, dass er in uns gewesen war, in unserem Bauch, verlangt man sie etwa von seinen Söhnen und Töchtern, verlangt man von einem Kind, seiner Mutter treu zu sein, weil es in ihrem Bauch gewohnt hat, verlangt man von ihm in alle Ewigkeit eine solche Dankbarkeit, dumm und vergeblich – die Dankbarkeit des Bauches? Geht, los, geht, ich weiß, dass ihr mich liebt – warum sollte ich den tausend Ketten, die uns bereits fesseln, noch jene des Blutes und der Haut hinzufügen?

DER EHEMANN

Sie sieht gerne zu, wie ihr Mann mit den Kindern, den Mädchen spielt. »Na, Mädchen, was machen wir?«, sagt er. Sie sieht zu, wie sie über den Körper ihres Vaters herfallen, ihn bestürmen, ihm auf den Rücken klettern, sich ihm schreiend an den Hals werfen, in die Arme. Der Vater lässt sie gewähren, er setzt sich allem aus, sie ziehen ihn am Schnurrbart, springen ihm auf den Bauch, prügeln ihn durch – der Vater ist erobertes Gebiet.

Jedes Mal, wenn sie ihre Kinder betrachtet, liebt sie ihren Mann. Sie liebt die Ähnlichkeit zwischen ihnen, selbst die Mängel, alles ist ihr recht. Sie kann verstehen, dass die Leute »der Kinder wegen« zusammenbleiben, sie versteht es vollkommen, das ist in ihren Augen ein völlig ausreichender Grund. Sie wird nie immun sein gegen dieses Wunder, das ein Mann möglich gemacht hat: Die Mädchen, ihre nachtblauen Augen. Liebe machen, ein Kind machen, reicht das nicht hinlänglich, das Band der Ehe zu rechtfertigen, verbunden zu halten? Muss man nicht immer, über allem, dem Mann dankbar sein für das, was doch immerhin ein Geschenk ist, man kann es drehen und wenden wie man will, das Geschenk seiner selbst, kann man vergessen, was er gegeben hat, was er geben wollte, wäre das gerecht?

Sie findet den alten, aus der Mode gekommenen Ausdruck »der Vater meiner Kinder« keineswegs dumm, es scheint ihr sogar, dass er dieses Band zwischen ihnen sehr gut in Worte fasst und dass sie ihn, während sie ihn nicht mehr liebt, immer noch liebt. Vielleicht ist ihr Mann nicht mehr der Mann ihres Lebens. Aber wenn sie ihn sieht, wie er scheinbar erschlagen auf dem Teppich zusammenbricht, belagert, wenn sie die drei Körper betrachtet, die schreiend aufs Meer zurennen, die Mädchen, die schwimmen und dabei atmen, wie er es ihnen beigebracht hat, ihre Bewegungen allein, ihr schlagendes Herz, dann liebt sie ihn noch, sie liebt ihn noch immer, weil er der Vater ihrer Töchter ist, weil er, im strengen Sinn, für sie der Mann des Lebens ist.

DER VATER

Als mein Vater sechzig wird, bietet ihm jemand an, ihm die Praxis abzukaufen. Er hat das Rentenalter noch nicht erreicht, aber er nimmt an – er hat genug von den Zahnstummeln, vom Lärm des Bohrers und dem Knoblauchgeruch. Er lebt allein in einer Zweizimmerwohnung, begnügt sich mit wenig und wartet auf seine Pension.

Mit sechzig tut sich auf einmal etwas im Leben des Vaters auf. Als wär er glücklich geworden.

Er schreibt sich für alle möglichen Kurse ein, beginnt mit Rafting, Gleitschirmfliegen, ULM-fliegen, Schneemotorradfahren, Bungeejumping, Kanyoning, Monoskifahren. Manchmal sagt sie sich, das ist doch nicht möglich, er will sich umbringen. Sie denkt an ihren Großvater, der nach seinem Infarkt genauso weitergeraucht hat wie zuvor. Sie weiß nicht mehr, was die Wahrheit über die Männer ist: ob sie den Tod nicht fürchten, oder ob sie sich unsterblich fühlen.

Der Vater nimmt Flugstunden auf dem Sportflugplatz, fliegt im Segelflieger, bringt Lehrbücher mit nach Hause, macht seinen Segelflugschein. Von da an ist er jeden Tag vor Ort, in der schönen Jahreszeit fliegt er, im Winter repariert er im eiskalten Flugzeugschuppen die Maschinen. Er wird ehrenamtlicher Sekretär des Clubs, lernt das Reparieren von der Pike auf, er spendet Lufttaufen und kampiert auf dem Gipfel des Pic Saint-Loup mit Jugendlichen im Zelt, denen er Geschichten von Jean Rigaut erzählt, während er Lachsalven erntet.

Mit fünfundsechzig fängt er mit dem Kunstfliegen an, nimmt Kurse in Looping und Sturzflug. Er spricht von nichts anderem mehr – dem Rausch des Himmels, der Freiheit, der Freude, sich in die Lüfte zu schwingen – *das ganze Leben träumt ich …*

Eines Tages kommt er zu Besuch, die Mädchen sind mit ihrem Vater im Schwimmbad, sie sitzen im Garten, seit mehr als einer Stunde spricht er von seinem Kurs in Saint-Crépin und den Empfindungen, die man hat, wenn man so nah an den Bergen vorbeifliegt. Sie unterbricht ihn mit der Frage, wann das war – am letzten Wochenende?

– Nein, sagt er. Am letzten Wochenende bin ich nicht geflogen. Da war ich auf der Beerdigung meiner Mutter.

Sie hätte den Satz gern zurückgehalten, der ihr herausrutscht, sie muss ein Gesicht haben, weiß wie ein Clown:

– Ach, sagt sie, deine Mutter ist gestorben?

Er ist zur Beerdigung gegangen, er hat lange gezögert, aber schließlich ist er hingegangen. Er hat seine Halbgeschwister gesehen, ja, seine Mutter hatte noch mehr Kinder nachher, mit …

– Und er, konnte sie nicht umhin zu fragen (sie fragt ihren Vater nie etwas, aber da, das ist die Gelegenheit, sonst wird sie es nie erfahren), und er, ihr …, nun, der Vater ihrer … (er, ja, er, für den diese Frau alles verlassen hat, er, wer war er, was für ein Mann war er, was ist das für

247

eine Art Mann, für den eine Mutter weggeht?) – und er, war er auch da?

– Er? Nein. Er muss vor ihr gestorben sein. Sie war fünfundachtzig.

– Aber er, was hat er gemacht, wie, nun, weißt du, wie sie sich kennen gelernt haben?

– Nein, das weiß ich nicht. Er war im Handel tätig, glaube ich, das sagte mir meine Mutter, als sie zu uns nach Hause kam, du erinnerst dich bestimmt daran - vor mehr als fünfundzwanzig Jahren! Aber ich bin nicht sicher, ihn habe ich nie gesehen.

Er schweigt lange, verschließt sich, dann auf einmal, als kehrte die Erinnerung zu seiner eigenen Überraschung plötzlich zurück, richtet er den Zeigefinger auf sie, die hinter ihrer Tasse Tee eine brennende Röte verbirgt, und sagt:

– Nein, jetzt fällt es mir wieder ein, was ihn interessierte, seine Leidenschaft offenbar seit jeher - ein Hitzkopf, das war der Ausdruck meiner Mutter –, seine Leidenschaft waren die Flugzeuge: Er war Pilot.

MIT IHM ALLEIN

Glauben Sie das wirklich? Glauben Sie wirklich, dass ich zweimal pro Woche brav hierher komme, um ganz allein meine »Ehetherapie« zu machen, um die Sache wieder einzurenken, die Ruinen zu kitten?

Ich komme, weil ich einen Termin habe, komme, damit ich einen Termin habe, weil ich Sie brauche. Ich komme, weil ich mich zum Termin mit Ihnen begebe, mich Ihnen ergebe, so ist das.

Natürlich sagen Sie sich – ich höre Sie, ich meine Sie zu hören –, Sie sagen sich: Sie meint nicht mich, sie spricht nicht mit mir, sie sieht nicht mich an; ich habe eine vage Vorstellung davon, was das ist, ja, ja, die Übertragung, die andere Situation.

Es muss mühselig sein, nicht für das geliebt zu werden, was man ist, immer der andere zu sein, nie man selbst. Das zum Beruf zu machen, das muss furchtbar sein.

Aber ich, ich rede mit Ihnen, ich schaue Sie an. Ich bin kein großer Meister des Tao: Ich lasse mich nicht davon abhalten, meine Wahl zu treffen. Ich weiß, was ich tue, ich weiß, worum es mir geht: um Sie, nur um Sie.

Der Vater

Kurz nach der Bestattung seiner Mutter ruft der Vater sie an – er hat ihr etwas mitzuteilen: Er wird heiraten.

Sie sagt nicht wie er damals: »Gegen wen?« Sie sagt nicht, dass sie gerade dabei ist, sich scheiden zu lassen. Sie spürt, dass sie dem Augenblick nichts von seinem frohen Ernst nehmen darf, dass es das Beste ist, den Vater einfach wie einen Sohn zu betrachten, der von zu Hause fortgeht, um sein Leben zu leben. Hat er nicht außerdem gesagt: »Ich werde heiraten« statt »ich werde wieder heiraten«? Man kann sein Leben nicht noch mal von vorn anfangen mit fünfundsiebzig, nein, aber man kann sehr wohl damit anfangen.

Sie erinnert sich, wie sie sich als Kinder, ihre Schwester und sie, unter dem Tisch des Eßzimmers versteckten, um von unten zu erhaschen, was der Vater unter seinem Badetuch versteckte, das er um seine Hüften schlang, wenn er aus der Dusche kam. Sie konnten nie etwas entdecken – vielleicht hatte er nichts, vielleicht schneidet man das ab, wenn man es nicht mehr braucht, es gibt Religionen, wo das verlangt wird, bei den Protestanten vielleicht auch? Sie wussten es nicht.

Dieses Geheimnis hatte sie lange verfolgt, wegen dieses Satzes, den er manchmal mit einer Leichtigkeit dahinsagte, die das Geheimnis noch gewichtiger machte: »Da warst du noch im Säckchen deines Vaters.«

Sie hatte versucht, sich dieses Vorher, dieses Jenseits der Geburt vorzustellen, diesen dem mütterlichen Bauch vorangehenden Ort, diesen männlichen Schoß, wo sie einander gehörten, der Vater und sie – diesen männlichen Ursprung. Natürlich war es ihr nicht gelungen, ihre Schwester musste Recht haben, man schnitt die Schmuckstücke der Familie ab, wenn sie nicht mehr benötigt wurden: Da das dritte Mädchen tot zur Welt kam, war sie die Letzte gewesen, die das Geschlecht des Vaters lebendig bewohnt hatte, so jedenfalls, dass diese Liebe von Dauer war, verkörpert wurde. Gewiss, sie war nicht ganz die Einzige, da war noch Claude – nicht die Einzige, aber die Letzte, und ist das etwa nichts, die letzte Liebe seines Vaters zu sein?

Und nun war sie also weder die Einzige noch die Letzte. Die Letzte ist fünfundfünfzig, hat drei Kinder, noch alle ihre Zähne – sie war Zahnarzthelferin, sie haben sich in seiner Praxis kennen gelernt, vor dreißig Jahren, sie machte ein halbjähriges Praktikum und war wohl bereits in ihn verliebt zu der Zeit, aber damals war nichts möglich (nichts, die Liebe). Zum Glück hat sie der Zufall wieder zusammengeführt, er hat sie in einem Café wiedererkannt, und das war's – in einer Woche heiraten sie.

Sie erfährt spät, was es seit jeher unter dem Schurz ihres Vaters gab: Keine kostbaren Schmuckstücke, die sie für das eifersüchtig gehütete Geheimnis der Männer hielt, sondern diesen dem Körper angehefteten Traum, diese fixe Leidenschaft, von der sie einzig die Mutter betroffen glaubte und deren doppeltes Erbe man, koste es was es wolle, fortsetzen musste: lieben, geliebt werden.

DER EHEMANN

Dem Ehemann geht's schlecht. Er hebt den Kopf nicht, wenn sie hereinkommt, er schaut aus dem Fenster, wo langsam ein fast normannischer Regen herunterrieselt, richtet seinen starren und blauen Blick wie ein Wikinger am Rande des Schiffbruchs auf den Garten. »Das Wikingerboot hat ein Leck«, sagt sie sich, als sie ihren Mantel auszieht, aber sie irrt sich, das ist kein Leck, das ist ein großes Loch.

Die Frau, deren Geliebter er seit mehreren Monaten ist, ist schwanger. Sie nahm die Pille nicht, nein, sie glaubte, sie sei unfruchtbar – eine chronische Endometritis, verstopfte Eileiter, kurz, das ist das Ergebnis.

Und du …, sagt sie und setzt sich ihm gegenüber – sie sieht sein Barbarenprofil, seine Wange, auf der ein gespannter Nerv zuckt, während die andere Hälfte des Gesichts in der Fensterscheibe unter seinen Tränen ertrinkt.

– Und ich habe überhaupt keine Lust auf diesen Balg, das kannst du mir glauben, nicht die geringste Lust.

– Und sie?

Der Ehemann schweigt, und in diesem Moment der Stille nimmt ein Kind Gestalt an, sie sieht es und fühlt sich von einer Art Fröhlichkeit erfasst, sie sieht es auf seinen Armen, als wäre es bereits so weit. Zehn Jahre früher hätte sie vor Wut den Kiefer gespannt und die Fäuste geballt; jetzt hat alles die Vertrautheit eines guten Tages, die Dinge sind einfach, einfach wie das Leben und der Tod: eine Skizze mit klaren Linien, mit einfachen, reinen Linien wird eine Welt gezeichnet, in der die Männer den Frauen Kinder machen, wo die Sterblichen sich abmühen, dem Tod zu trotzen.

– Sie wird abtreiben.

Er will es nicht, das ist alles, und überhaupt, was sollte er mit einem Kind anfangen, und warum vor allem, warum? Er schläft mit ihr, gut, einverstanden, sehr gut, sie gefiel ihm, er wollte sie, er hat sie gehabt, er ist zufrieden – sie ist in Ordnung, er mag sie, sehr sogar, aber nichts weiter, Punkt, aus.

Es wird doch nicht etwa sie sein, die ihn überzeugen will, ja zu sagen?

Sie weiß es nicht – sie murmelt etwas Nichtssagendes, etwas wie »Man muss nehmen, was kommt«, oder »So ist das Leben«, oder »Denk darüber nach«.

– Das Leben! Hör mir bloß auf … Das Leben!

Da spricht er. Und es scheint ihr, dass sich bei seinen Worten Abgründe auftun.

Was er an den Frauen mag, ist die Distanz, die sie zwischen sich und ihm schaffen, damit er sie durchqueren kann. Er ist ein Spieler, er nimmt die Herausforderungen an, er ist ein Jäger, er will siegen. Dann (das weiß sie gut) ist da noch die Lust, das Sichvergessen im anderen, für einen Augenblick. Aber er hat nichts anderes zu bieten – nichts, daran gibt es nichts zu deuten.

Sie erinnert sich an seine Arme um ihre Hüften, diese allererste Nacht, wo sie, nachdem sie lange miteinander geschlafen hatten, einen Slow tanzten, als sich das Fest dem Ende zuneigte, zwischen den leeren Gläsern, den vollen Aschenbechern und dem Geruch von erschöpften Körpern. Sie schwebte, getragen durch ihr Vertrauen in ihn, stumm, blind, taub für alles, außer für das Schlagen ihrer Herzen.

Das Leben – das Leben! Sie hat ja keine Ahnung, sie kann es nicht verstehen: Das Leben geht ihn nichts an, aus dem einfachen Grund, dass er tot ist. Abgesehen vom Liebesspiel wird für ihn alles Ekel, Verweigerung, Horror; zum Beispiel hasst er die Verderblichkeit des Fleisches, alles, was der Körper an Eingeweiden, Gedärmen, an Scheiße beinhaltet, er muss ständig daran denken. »Sie sind ja nett mit ihrer Liebe, aber wenn ich scheißen muss, was passiert dann, wohin gehe ich? Da habe ich nur noch einen Gedanken: flüchten, verschwinden, bevor die Gerüche überhand nehmen, die Gase, der Gestank, der Mundgeruch, jeder muss sich zurückziehen, um sich von seinem Elend zu erleichtern, und sie drücken mich in ihre Arme, ›nein, geh nicht weg, nein, bleib noch ein wenig‹ – und ich sollte schon längst weg sein, sie bereits verlassen haben, solange ich glänzen konnte, im vollkommenen Einverständnis, bevor alles zusammenfällt, bevor man krepiert, denn man krepiert, weißt du das? Also jetzt ein Kind, wirklich, das wäre heller Wahnsinn, ich kann jetzt nicht Vater eines Kindes werden, mit meinen komme ich ja kaum zurecht, nein, jetzt nicht mehr, nicht mehr genug Leben, nicht mehr genug Glaube – nicht mal, wenn du es von mir wolltest, du, du. Ich kann nur ficken, und auch das nur, wenn man schweigt, wenn man akzeptiert zu schweigen, dann ja, dann kann ich noch die Illusion erwecken, so tun als ob, Liebe machen, als wäre ich am Leben. Aber es ist falsch, nichts ist falscher als das – dir kann ich es sagen, dir, die alles versteht (sag es nicht weiter): Ich bin ein Toter, der vögelt.«

MIT IHM ALLEIN

Und da habe ich gedacht – ich habe es nicht gesagt, aber ich habe es gedacht: Ich ziehe einen Lebenden, der liebt, vor.

Die Männer sind stets tiefer in den Tod verstrickt. Was für ein Verbrechen haben sie begangen, dass sie sich durch Vergessen davon befreien wollen? Suchen sie ein Land, eine Heimat, um eines Tages den Körper verlassen zu können, sich etwas mehr davon freimachen zu können als durch die Gewalt oder die Liebe?

ANDRÉ

Eines Morgens, in aller Frühe, ruft ihre Mutter an. André ist in der Nacht gestorben, er hat geschrien, sie hat das Licht angemacht, da war er tot. Sie kann nicht mit der Leiche allein bleiben, das ist unmöglich, mit Andrés Leiche.

Sie nimmt den nächsten Zug, es regnet, es schneit, sie durchquert ganz Frankreich. Ihre Gedanken gehen zu den Toten, die sie in ihrem Leben schon gesehen hat – ihr Baby, ihre Großmutter. Männer keine – sie hat das Zimmer des Großvaters nicht mehr betreten nach dem Abend mit den Gedichten, sie hat die Erinnerung an den Tabakgeruch und den Dreitagebart behalten, der ihm das Aussehen eines Haudegens gab, der alle Warnungen in den Wind schlägt. Später erzählte man ihr, er habe Todesqualen ausgestanden aufgrund einer Dauererektion und der Krankenschwester sein riesiges, geschwollenes Glied gezeigt, sie zum Zeugen nehmend, dass der Tod auch seine schönen Seiten haben kann, und wenn ihr danach sei ..., während seine Frau den Priester zu überzeugen versuchte, dass er falsch verstanden habe und der Sterbende ihn nicht als Schlappschwanz beschimpft habe.

Die Landschaft fliegt vor ihren Augen vorbei, Obstgärten, Weinstöcke, Wiesen, Städte, Kraftwerke, deren dämmriger Rauch an die Einäscherung der Welt denken lässt, Bahnhöfe, wo die Lebenden sich wiederfinden, auseinander gehen. Doch, sie hat schon einen toten Mann gesehen, natürlich, wie konnte sie ihn vergessen, sie hat ihn so oft gesehen: ihren toten Ehemann, auf einem hohen Tisch mit Rädern ausgestreckt, wie man sie in Leichenschauhäusern sieht, seine stumme, reglose Liebe, seine in Trauer erstarrten Züge, eine Spur von Groll vielleicht, wie soll man das wissen, mit geschlossenen Augen? So hat sie ihn hundert Mal vor sich gesehen in den ersten Jahren, tot, aus, verschwunden, jedes Mal, wenn er fünf Minuten zu spät kam, gab sie ihn der Ewigkeit anheim, es ist vorbei, nie mehr würde er sie in die Arme nehmen, er ist mit einem seiner Rennwagen im Graben gelandet. Sie fing an zu weinen, und wenn er im Hintergrund des Flurs auftauchte, die Schlüssel in der Hand, stürzte sie ihm entgegen, komm, nimm mich in die Arme, das also war das Geheimnis der Liebe: dieser Körper, auf den man seine Wange legen kann, dieser Körper, in dem ein Herz schlägt?

André ist mit einem wunderschönen blauen Fischgrätenanzug bekleidet, bei seiner makellosen Garderobe hatte man die Qual der Wahl. Sie ist empfänglich für die Eleganz der Männer, sie findet, dass sie, weit davon entfernt, ein Zeichen von Eitelkeit zu sein, Ausdruck einer höflichen Bescheidenheit gegenüber den Frauen ist, eines rührenden Wunsches, ihnen zu gefallen, so wie sie den Männern gefallen möchten. Sie bleibt lange bei ihm, setzt sich auf den Bettrand, hält seine Hand, wie die eines kranken Geliebten, wendet den Blick nicht von ihm – er ist es, André, er ist es also. Ihr ganzes Leben hat sie keinen Mann so ausgiebig betrachtet.

Später, am nächsten Tag, stöbert sie in einer großen Schachtel mit Fotos. Sie sieht André wieder, wie sie ihn als Kind wahrgenommen hatte: schwarze Haare, blaue Augen, die elfenbeinerne Zigarettenspitze. Auf der Vorderseite eines Streichholzbriefchens sind sie beide, ihre Mutter und er, schwarz und weiß, Schläfe an Schläfe, ins Objektiv lächelnd wie die Stars des Festivals von Cannes, die Rückseite trägt den Namen eines Nachtclubs in Juan-les-Pins – das ist nicht mehr »Im Theater heute abend«, sondern *La Dolce Vita*. Und das spitzbübische kleine Mädchen, das ihr Leben parallel dazu auf anderen Abzügen lebt, vor anderen Kulissen, das ist natürlich sie, die bereits im Auge des Fotografen versucht, ihre Fähigkeit unter Beweis zu stellen, geliebt zu werden, Liebe zu bekommen, als könnte man etwas dafür tun, dass man geliebt wird. Sie möchte das Streichholzbriefchen gern an sich nehmen, wagt es aber nicht. Sie kehrt zu André zurück, setzt sich und nimmt ihre Betrachtung wieder auf, beweint ihre gemeinsame Jugend, während ihre Mutter sich am Telefon abkämpft – wird sie seine Rente erhalten, und welche Papiere muss sie ausfüllen, und hat der Mann vom Begräbnisinstitut seine Rechnung vorbereitet? Sie wird sie wohl nicht sofort begleichen können, wenn er so freundlich ist, sich zu gedulden, bis das Girokonto …; ja, sicher, es geht nicht anders, man kann ihn durch das Fenster – wenn die Leiche nicht durch das Treppenhaus passt, das Fenster, sicher, unter der Bedingung, dass sie die Rosen nicht zertrampeln. Sie drückt seine steife, fleckige Hand, »siehst du, André, ein Romeo bis in den Tod, Geliebter auch über die Hochzeit hinaus, durch das Fenster wirst du fliehen«.

So vergehen drei Tage. Sie befindet sich außerhalb der Zeit, hat keinen Mann mehr, keine Kinder, keine Arbeit, keine Zukunft. Sie betrachtet den toten André.

Stilles Tête-à-tête. Der Tod hat keine Macht über sie. Nein, was sie erschreckt in diesem losgelösten Moment, wo die Vergangenheit sich wie ein langsamer Walzer vorwärtsbewegt (Rosen, Küsse, Champagner warten am Rande eines Vorhangs), ist, dass die Liebe aufhört – die Liebe der Männer.

MIT IHM ALLEIN

Das Ende, wenn es vorbei ist, wie merkt man das, wie macht man das, wie hört man auf - das Buch, die Analyse, die Liebe?

Ich werde nicht wiederkommen, letzte Sitzung. So, ich setze mich, ich sehe Sie an, ich breche den Pakt, es ist zu Ende.

In meinen Augen, da ist ein Mann – sehen Sie ihn, von da, wo Sie sind, können Sie ihn sehen?

Kommen Sie näher, kommen Sie, von Ihrem Platz aus sehen Sie nichts, Sie sind zu weit weg.

Ist es vorbei mit Ihnen, fängt es erst an? Sie müssen es sagen – ich werde nicht mehr kommen, mein Buch ist fertig, fast fertig, und mit Ihnen möchte ich beginnen, einen Anfang im Leben, eine Liebesgeschichte. Ist es für Sie vorbei?

Sie sind zu weit weg.

Wie merkt man, dass es vorbei ist – liebe ich meinen Mann, liebe ich Sie – weiß ich es?

Wenn ich übergeschnappt bin, was wissen Sie darüber?

Kommen Sie, los, kommen Sie zu mir, ich bitte Sie, bleiben Sie nicht dort, bleiben wir nicht dabei, tun Sie einen Schritt, lassen Sie mich nicht alles tun, tun Sie es, tun Sie etwas, geben Sie ein Zeichen, tun Sie es für mich.

Ich bin hier. Schauen Sie mich an.

Wollen Sie, dass ich auf die Knie gehe, Sie anflehe?

Nehmen Sie mich in die Arme.

Sie bleiben dort, Sie bleiben, wo Sie sind. Aber was sind Sie ohne mich? Die Frau ist der Körper des Mannes, der Mann ist der Körper der Frau. Wir sind für den anderen, was uns am Leben hält.

Kommen Sie, Sie fehlen mir, es fehlt mir an Ihnen, es fehlt mir an allem ohne Sie, Sie allein können mich vor dem Tod bewahren.

Kommen Sie näher, ich bitte Sie: Ihr Körper. Was verlange ich schon: einfach einen Körper, einen Körper ohne Worte – einen einfachen Körper.

Kommen Sie, wir sind einander so nah. Es liegt nur an Ihnen, ich zu sein, es liegt nur an mir, Sie zu sein – ein einziger Körper aus unseren beiden Körpern, die alleine sind. Sie sind allein. Wissen Sie das?

Ich weiß nicht mehr. Sind Sie der Gleiche? Sind Sie ein anderer? Lieben Sie mich? Sind Sie gleichgültig?

Ich liebe Sie. Geht Sie das etwas an?

DER VERLEGER

Der Verleger ruft an einem Sonntag an. Er möchte wissen, ob er bald die letzten Kapitel des vor einiger Zeit aus unerfindlichen Gründen unterbrochenen Romans lesen kann – aus seiner Stimme hört sie heraus, dass er die Gründe dafür ahnt. Er setzt ihr nicht das Messer an den Hals, um ein Datum zu bekommen oder eine Frist festzusetzen, nein, er hat nur Lust, die seit langem versprochenen Seiten zu lesen.

Sie ist gerührt, dass er an einem Sonntag anruft, wie das erste Mal – es ist vielleicht ein Zufall, vielleicht auch nicht. Sie sagt, er sei fertig, sie sei fertig, es fehle nur noch eine Überschrift, man müsse nur noch über einen endgültigen Titel nachdenken. Sie möchte auch an irgendeiner Stelle, unwichtig wo, hineinschreiben: »Dieses Buch ist ein Roman. Alle Männer sind frei erfunden.« Sie überlässt die Entscheidung ihm, aber sie legt Wert darauf.

Sie mag seine Stimme, die sich erkundigt, die fragt, die drängt – seine Stimme, die wissen will. Sie mag die Begeisterung, die darin unverblümt zum Vorschein kommt, diese *Vorfreude*, die ihr auf einmal wie ein großes Zeichen der Liebe erscheint.

Und da taucht das Bild auf, drängt sich ihr mit seiner erschreckenden Banalität und seiner mächtigen Wahrheit auf, das Bild, das sie nicht sehen konnte und doch sieht: der Vater, der auf den Gang hinausspäht, die Zigarette im Mundwinkel, ängstlich, glücklich, noch ohne zu wissen worüber, über wen, glücklich über das, was ihn erwartet, was geschehen wird, glücklich, über das, was kommt; der besorgte, fiebrige Vater, für den sie gleichzeitig Tochter und Erwählte sein wird, das neugeborene Kind und die geliebte Frau, jene, auf die man wartet, und jene, mit der man die Lust genießt, jene, die man erhofft, und jene, die man liebt – die gewünschte Stimme, der gewünschte Körper: das Ereignis, das glückliche Ereignis, die Ankunft; der Vater, der vor Hoffnung strahlt und dem aber auch, an diesem Warten gemessen, die Enttäuschung droht; der Vater, der nicht mehr wartet, der Vater, der weiß, der weiß, was es ist: Sie ist es.

Dem Wunsch entsprechen, das Warten belohnen, das Objekt aller Wünsche sein: ein Kind, eine Frau, ein Buch – ein Objekt der Liebe sein.

ABEL WEIL

Sie wird nicht mehr wiederkommen. Sie sagt es ihm: Was auch geschieht, es ist das letzte Mal. Sie zahlt für die Sitzung, legt zwei Scheine auf den Schreibtisch und darauf, gut sichtbar, eine Einladung für *La Traviata* am nächsten Abend.

Sie sitzt auf ihrem Stuhl, das Programmheft auf den Knien, und betrachtet den schweren blauen Samtvorhang, ohne den Blick davon abzuwenden, starr, verträumt, als wäre er das Meer. Der Saal brummt von tausend diffusen Gesprächen, die Leute erzählen sich ihr Leben, denkt sie, man verbringt seine Zeit damit, sein Leben zu erzählen.

Er kommt genau in dem Augenblick, als die Lichter ausgehen, wo es still wird – hat er gezögert zu kommen, wollte er nur nicht ihrem Blick begegnen, nichts sagen? Sie wendet den Kopf nicht, sie weiß, dass er es ist – *fors'è lui.*

Sie ist bei ihm, liegt auf dem Sofa und liest einen Artikel, den er für eine Fachzeitschrift geschrieben hat – ob sie ihn dazu inspiriert hat? »Die Liebe ist ohnmächtig, selbst wenn sie erwidert wird, weil sie nicht weiß, dass sie nur der Wunsch ist, eins zu sein, was uns zu der Unmöglichkeit führt, eine Beziehung aufzubauen. Eine Beziehung zwischen wem? – Zwischen *zwei* Geschlechtern.« Er schließt mit dem Zitat von Lacan: »Es gibt keine Liebe, es gibt nur Liebesbeweise.« Sie fragt sich, ob sie versteht, was es zu verstehen gibt, ob der Sinn derselbe ist wie in den schlechten Dialogen gewisser schlechter Romane, die sie früher verschlungen hat:

– Liebst du mich?

– Ja.

– Dann beweise es.

Er sitzt an seinem Schreibtisch, sie sieht ihn von hinten, wie er die Tastatur seines Rechners bearbeitet – er interessiert sich seit neuestem für die New Economy.

– Es gibt nächsten Monat ein Konzert von James Bowmann, sagt sie. Wir könnten hingehen, es ist an einem Samstag, an dem ich die Mädchen nicht habe und du die Jungs nicht (sie mag Contratenöre – diese Männerstimmen, die aus einem Mann hervorgehen, in dem eine Frau singt).

– Nächsten Monat? Ja, wenn du Wert darauf legst …

Er spricht den Anfang seines Satzes aus, indem er auf den Bildschirm starrt, auf dem Zahlenreihen vorbeiziehen, dann dreht er sich um, sieht sie an – und wie jedes Mal wird sie beim Anblick seines Gesichts von demselben starken Gefühl gepackt: Es erinnert sie an jemanden, es sagt ihr etwas; sie sitzt vor ihm und hat doch Sehnsucht nach ihm. Er wendet sich wieder ab und sagt, den Arm auf die Stuhllehne gelegt:

– Weil ich, um ganz aufrichtig zu sein, Musik schon immer, von klein auf, gehasst habe.

DER ADRESSAT

Der Adressat bekommt, was man ihm gibt. Er schweigt, antwortet nicht. Der Adressat ist kein Briefpartner, er ist dazu bestimmt, zu schweigen, im Schatten dieses Schweigens zu bleiben, aber man weiß, dass er zuhört. Das Einverständnis des Adressaten mit seinem bescheidenen Geschick ist etwas Wesentliches, es ist wichtig, nicht daran zu zweifeln, niemals, man muss dessen sicher sein.

Ich schreibe für Sie, ich schreibe Ihnen. Ich weiß, dass es die Frauen sind, die lesen, aber ich könnte nicht schreiben, stellte ich mir nicht wenigstens auf vage Art, eine Silhouette im Gegenlicht, vor, dass Sie ein Mann sind. Zu Ihnen spreche ich, ich rede von Ihnen, von Ihnen und mir. Ich weiß nicht, wer Sie sind, aber ich sehe Sie, ich erahne Sie, ich zeichne Sie, ich spreche zu Ihnen, ich erfinde Sie: Ich schreibe Ihnen.

Wer sind Sie? Ich weiß es nicht. Ich kenne Sie nicht.

Antworten Sie nur nicht. Es bringt nichts. Wir können nicht miteinander korrespondieren, zwischen uns ist kei-

266

ne Korrespondenz möglich. Sie sind weit weg, Sie sind der andere, Sie sind der Mann. Ich habe diese Distanz akzeptiert, die zwischen uns schwebt wie bei einem Brief, der unterwegs ist. Ich schreibe nicht, damit Sie antworten, und doch schreibe ich Ihnen. Wundern Sie sich nicht: Ich habe zwar darauf verzichtet, Sie zu fassen, aber nicht auf die Geste, Sie zu fassen. Das Schreiben ist diese Geste; ich schreibe auf Sie zu. Es ist wie die Hand, die man schwenkt, wenn der Zug abgefahren ist: unnütz, aber doch nicht vergebens.

Früher habe ich wahrscheinlich auf Antwort gewartet. Dass Sie sich erklären, dass Sie mit mir sprechen. Ich befragte die Männer der Bücher, Dichter, Figuren, ich stellte mir vor, dass das Leben eines Tages unter der Brücke unserer Arme hindurchfließen würde. Und dann habe ich diese Geschichte gelesen, die die Welt dem Schreiben widmet: jene von einem kleinen Kind, das will, dass seine Mutter es vor dem Schlafengehen küsst und das als Antwort auf seine Liebesbotschaft nur diese Worte der Einsamkeit erhält: »Es gibt keine Antwort.«

So wurde mir der Sinn gegeben, der mich befreite von so viel Abwesenheit, so viel Warten. Ich schreibe nicht, damit Sie mir antworten, nein: Ich schreibe, weil es keine Antwort gibt. Nie werde ich in Ihren Armen sein − und Sie nie in den meinen −, nie umarmt.

Hin und wieder jedoch träume ich von einer Möglichkeit, uns zu treffen. Das geschieht oft, wenn ich schlafe − Morpheus wiegt mich, und ich erahne, wie man diesen verliebten Schlaf hinauszögern kann, dessen Gott ein Mann ist. Dann sehe ich Sie − am Rande des Vergessens, aber ich sehe Sie, Sie strecken mir die Arme entgegen, und ich komme, ich komme auf Sie zu, der Sie mir bestimmt sind – mein Adressat. Wer hat gesagt, dass Sie eine Frau sind? Welcher Wahnsinn! Der Tod wird Ihre Augen haben, und auf Ihre Brust lehne ich meinen Kopf, ich weiß es, auf Ihre Schultern lege ich meine Hände. Sie sind es, Sie sind es wirklich an der anderen Küste, die Entfernung zwischen uns wird kleiner, löst sich bald auf, tanzen wir, willst du, ich komme zu dir und du drückst mich an dich – ach, drücken Sie mich, nehmen Sie mich mit. Wie gut, ja, wie gut man es hat, in diesen Armen!

INHALT

Der Verleger 17
Der Vater 19
Mit ihm allein 27
Der Ehemann 30
Mit ihm allein 32
Der Vater 35
Mit ihm allein 37
Der Vater 39
André 41
Mit ihm allein 44
Der Sänger 46
Der Großvater 48
Der Großonkel 50
Mit ihm allein 52
Mit ihm allein 53
Der Mann in ihrer Phantasie 55
Der Vater 58
Der Vater 59
Der Vater 61
Mit ihm allein 65
Der Vater 67

Der Verlobte	69
Der Vater	73
Mit ihm allein	76
Die erste Liebe	77
Der Lehrer	80
Mit ihm allein	84
Die erste Liebe	87
Der Lehrer	91
Der Vater	93
Mit ihm allein	96
Der Abtreibungsarzt	98
Der Lehrer	102
Der Vater	104
Mit ihm allein	107
Der Vater	109
Mit ihm allein	112
Der Lehrer	113
Die Männer	117
Mit ihm allein	119
De Freund	121
Der Vater	123
Der Ehemann	124
Amal	127
Mit ihm allein	131
Der Ehemann	133
Der Ehemann	136
Der Schatten	138
Der Schriftsteller	139
Mit ihm allein	141
Mit ihm allein	143
Der Ehemann	147
Der Schauspieler	149
Der Unbekannte	152
Mit ihm allein	154

Der Geliebte	155
Der Geliebte	157
Mit ihm allein	159
Der Ehemann	162
Der Geliebte	166
Mit ihm allein	168
Der Verleger	171
Mit ihm allein	173
Die erste Liebe	174
Der Brieffreund	178
Der Bruder	180
Mit ihm allein	182
Jesus	184
Der Geliebte, der Ehemann	187
Der Sohn	190
Der Ehemann	192
Der Arzt	194
Der Großvater. Der Vater. Der Sohn	197
Mit ihm allein	199
Der Psychiater	201
Mit ihm allein	204
Der Ehemann	206
Der Passant	208
Der vergessene Mann	209
Mit ihm allein	211
Der Reisende	213
Der Ehemann	214
Das starke Geschlecht	218
Mit ihm allein	223
Der Schauspieler	224
Mit ihm allein	226
Der Besondere	229
Der Leser	231
Der Schüler	235

Die erste Liebe	237
Der Unbekannte	240
Mit ihm allein	242
Der Ehemann	244
Der Vater	246
Mit ihm allein	249
Der Vater	250
Der Ehemann	252
Mit ihm allein	255
André	256
Mit ihm allein	260
Der Verleger	262
Abel Weil	264
Der Adressat	266